「私はこの城の主、
オークボ……！
腕に覚えのある者は、
我が城に挑戦するがいい」
オークボ
キダン

ダルキッシュ
「何をぬけぬけと……」
ヴァーリーナ

「頭部用の雪玉製作、完了いたしました」
ホルコスフォン
レタスレート
「ホルちゃん大き過ぎよ！私の作った雪玉とバランスが取れないじゃない！」

著 岡沢六十四
Illustration 村上ゆいち
異世界で土地を買って農場を作ろう
7
Let's buy the land and cultivate in different world

contents

Let's buy the land and cultivate in different world

子宝を求めて

俺です。

我が農場も、二度目の冬を迎える直前になって、さらなる朗報が滑り込んできた。

魔王ゼダンさんの第二子誕生。

生んだのは第二魔王妃のグラシャラさん。

第一魔王妃のアスタレスさんが、魔王子ゴティアくんを出産したのより数ヶ月遅れてのことである。

今度は女の子。

立て続けの世継ぎ誕生に魔国全土は沸き返る。

我が農場にも生まれたばかりの魔王女を見せに来てくれて、全員で赤ちゃんにメロメロとなる。

新たなる命の誕生は、いかなる場合においても至善であり、皆が喜ぶべきことなのだ！

グラシャラさんが生んだ魔王女はマリネと名付けられ、魔族の淑女として英才教育を受けて育つらしい。

皆でマリネちゃんにメロメロとなっていると、急に俺の服の裾が引っ張られた。

何かと思ったらプラティが引っ張っていた。

「おう？　どうした？」

しかしプラティは返事もなく、俺の裾を引っ張ったままどこぞへと進むのみ。

俺も引きずられて移動し、移動して……。

人気のない倉庫裏へと連れてこられた。

当然のように周囲には誰もいない。皆、赤ちゃんに注目しているので。

こんなところで二人きりで何用だ？

プラティ？

彼女は、しばらくモジモジして言うか言わぬか戸惑っている様子だったが、やがて意を決したように言った。

「アタシも赤ちゃん欲しい」

うぬ？

「アスタレスさんやグラシャラさんみたいに、アタシも赤ちゃん生みたいの！　もちろん旦那様の！」

お、おう……！

それはもちろん、俺とプラティは既に夫婦関係だからして。

夫婦が子宝を授かるのは自然のこと。

されど俺たちが華燭《かしょく》の典《てん》を挙げてより、今や一年以上。

普通であれば受胎告知の一回ぐらいあってもいい期間だが、しかしコウノトリはまだ来てない。けして、そうなるまでの段階を疎《おろそ》かにしているわけではない。

俺たちだって夫婦であるからには、妊娠出産の前段階になっている行為を週に一～七回のペースでやるにはやっている。

しかしコウノトリは音沙汰なし。

一体何をやってるんだコウノトリは!?

「旦那様と農場で楽しく暮らせていけば、それだけでいいかなー、と思ってたんだけど。余所様《よそさま》の赤ちゃん見てたら羨ましくなっちゃって……!」

「うん、そうだね……!」

「旦那様は欲しくない？　アタシの生んだアナタの赤ちゃん？」

そんな上目遣いに聞いてきたら、たとえ嫌でも嫌とは言えないだろうが!!

「欲しいよ！　もちろん欲しいよ!!」

「よし！　じゃあ今日から子作り強化月間にしましょう！　毎朝毎晩励むわよ!!」

「月間!?　毎朝!?」

プラティの瞳は、『赤ちゃん欲しい』意欲にギラつきを放って止められそうにない。

俺はそれから数日、ヨロヨロになりながら畑仕事することになりましたとさ。

＊　＊　＊

「我が君、最近やつれてはいませんか？」

「そうかい？」

「少しお休みになっては？」

「休んでるよ？　一日の布団の中にいる割合が増えてるし……」

ふふふふふ……。

今日もできるだけスタミナのつくもの食べて早めに寝ないとね。

布団に入る瞬間＝就寝時間スタートじゃないんだから……！

『聖者様、おられますか？』

と黄昏《たそがれ》ていたらノーライフキングの先生が訪ねてきてくださった。

『うおッ？　どうなさったのです？　ワシより乾涸《ひから》びておるではないですか？』

うふふふ、先生ったらジョークがお上手になられて。

先生より乾涸びてしまったら俺、即身仏じゃないですか？

「して今日はどんな御用で？」

『いや、厳密にワシの用件で来たわけではないのですが……。まず奥方を呼んでいただけますかな？』

プラティですか？

先生がプラティ名指しというのも珍しい。

呼ばれて出てきたプラティは、俺と反比例するように肌が艶々になっていた。

心なしか気分も弾んでいるよう。

「ごきげんよう先生。アタシにご用って何です？」

『いや、ワシが用というわけではないのだが……』

また先生同じこと言ってるな。

なんだろ？

『おぬしたちに用があるのは、この御方《おかた》なのじゃ。……おーうぇい』

先生がテキトーに呪文を唱えると、時空が歪《ゆが》んで扉が開き、異界より偉大なるものが召喚される。

先生！

また神召喚いたしましたか!?

そして現れる女神。

夕日に煌《きら》めく海面を思わせる濃色の金髪。豊満で瑞々《みずみず》しく、水の豊潤さを宿した美女。

「あ、この神見覚えがある」

海神ポセイドスの妻神アンフィトルテ。

神々の宴《うたげ》で会った。

『やほー、久しぶりね我が眷族《けんぞく》たち♡♡』

「アンフィトルテ女神様!?　アナタが何故《なぜ》!?」

人魚族であるプラティにとって、海神の妻アンフィトルテはまさに崇拝対象ど真ん中。

『アナタたちのしていることが気になってね、不死の王にお願いして召喚してもらうことにしたのよ』

便利使いされてるなあ先生。

不死の王を便利使いする神。神を軽々召喚する不死の王。

どっちも常識外れすぎて脳みそ蕩《とろ》ける。

「アタシたちの……、していること……?」

『ほらプラティちゃん覚えてない?　前にご馳走《ちそう》してもらったお礼に、アナタに祝福を与えたじゃない?』

「あッ?」

そんなことあったなあ。

冥神ハデスと海神ポセイドスとのいざこざがいつの間にやら神々のどんちゃん騒ぎに発展して。

何故かその会場に抜擢《ばってき》された我が農場は危うく食料の備蓄が尽きかけるところだった。

そして神々はそのお礼にと、我が農場の住人たちに誰彼かまわず加護や祝福を与えて行ったのだ。

その中でプラティも祝福を貰《もら》っていた。

今目の前にいる海の女神アンフィトルテから。

『アタシの与えた「海母神の祝福」を通じて伝わってくるのよ。アナタたちが毎朝毎晩励んでいるのが♡♡』

「〜〜〜〜〜〜〜〜〜〜〜〜〜ッッ!?!?!?」

海の女神から指摘されてプラティ耳まで真っ赤になる。

たしかに、夫婦として当たり前の営みなれど、開けっ広げに言われては精神的ノーダメージではいられない。

先生も必死で聞こえないふりしてくださっている。

「な、なんですか!? そんなこと言うためにワザワザ地上に来たんですか!? ゴシップ好きすぎません!?」

『もちろんアタシが告げたいのは、もっと別のことよ。無駄なことはすべきじゃないって』

「無駄なこと?」

『普通の方法でどれだけ頑張っても、アナタは、聖者の赤ちゃんを孕《はら》むことはできないわ』

その一言で、周囲の空気が一挙に変わった。

薄氷がひび割れるピキリとした幻聴がした。

『アナタの愛する人は異世界からの来訪者。それだけ言えば賢いアナタにはわかるでしょう?』

「…………ッ!?」

『外見はよく似ていても、彼はこの世界とは違う生き物。違う世界の存在同士交わって生命を生み殖やすことは不可能』

そう聞いた途端、プラティの瞳から輝きが失われた。

まるで深海の底のように真っ暗な瞳と化した。

『可哀相《かわいそう》なプラティ。愛する人との子をなしえないことはそんなにもアナタの心を引き裂くのね。……でも安心して』

「!?」

『アナタに告げに来たのはそれだけじゃないわ！』

声のトーン軽いなあ海の女神。

『忘れたの？　アナタに与えられた祝福は「海母神の祝福」！　海の母の祝福よ！　万象母神ガイアの万能を分け与えられた三界母神の一神であるアタシの祝福を受けた者が、愛する人との子すら生めないなんてありえないでしょう!!』

「で、では……」

『今はまだ、アナタはアタシからの祝福を万全に使いこなせていないだけよ！　でも訓練を経て使いこなせるようになれば！　ナマコの子だって生めるようになるわ!!』

そこまで節操ないのもどうかと……。

「海母神様!!」

プラティの目の色が変わった。

真珠の輝きを放つ瞳になった。

「どうかアタシを鍛えてください！　アナタからの祝福を１４０％使いこなせるように！　そうすれば旦那様の子を授かれるんでしょう!?」

『もちろん、そのためにアタシは降臨したんだから！　アタシがアナタを鍛えましょう。海神百億年（誇張）の歴史が伝える一子相伝の繁栄術！　その名も……！』

「その名も……!?」

『ラマーズ法!!』

テキトー言ってるだろう、お前。

いや、ホント頼みますよ神。

俺たちのベイビーを授かるためにアナタだけが頼りだとするならば!!

そんなこんな言ってるうちに冬が来た。

プラティは、海母神アンフィトルテに示された妊娠法をマスターしようと、毎日仕事の合間に一日千回感謝のラマーズ法を積み重ねていた。

これでプラティに与えられた『海母神の祝福』が機能して異世界人である俺の子を宿してくれるかどうかだが。

ここは、プラティの母力に期待するしかない。

俺は日頃と変わらず農場を維持し発展させることに力を尽くしていた。

もう季節は冬に入っていたが、去年と違って充分に準備のできていた我が農場は、どんな寒さだって平気へっちゃら。

オークたちが採掘してきた石炭で、各部屋に完備された石炭ストーブがカンカンに熱を発している。

さらに冬に備えて山ダンジョンに入り、鳥モンスターからたくさん羽根を毟《むし》って作り上げた羽毛布団もあったかい。

食料の備蓄も充分で安心して冬を越せるぜ！

と思っていた矢先の出来事だった。

＊　＊　＊

「マスターご相談があります」

そう言ってきたのは、天使ホルコスフォン。

我が農場最強候補の一角に名を連ね、担当の仕事は納豆作り。

そんな彼女が俺に相談してくることと言えば一つ。

「納豆のことです」

やっぱり。

もはや彼女の世界の九割は納豆でできていて、他に気に掛けるものなど何もない。

彼女の納豆作りの腕も上達してきて今では小粒大粒ひきわりとバリエーションまで増やし、我が農場の納豆事情を盤石にしている。

それを他の住人たちが喜んでいるかというと、即答しがたいが。

「で、納豆について何が聞きたいんだい？」

とはいえ、俺自身の納豆知識も、本かネットで調べた程度しかない素人知識。

もはやほとんどホルコスフォンに伝授し終えた。

そこから独学で研究を重ねた彼女の方が、今や俺より知識豊富であるように思えるのだが？

「最大十四万八千通りの戦闘パターンを予測できる我が戦術プログラムが結論を弾《はじ》き出しました。私の納豆に足りないものがあると」

「ほう」

「それを加えることができれば納豆はますます完璧となり、皆さまにより喜んでもらえることは必定。逆に言えば、私の納豆はまだ未完成だと断定せざるを得ません」

そんな大袈裟《おおげさ》な言い方……。

ホルコスフォンの納豆はよくできていると思うよ？　もはや完成の域に達していると思う。

ゴブ吉始め一部の層にはもはや朝食になくてはならないものと認識されているし……。

それにほら、ヴィールだって模擬戦で負けた際に約束として食べてるでしょう？

ほぼ毎回食べてるでしょう？

毎回食べ過ぎてヴィールの表情が消えてるのが最近気になるけれど。

「納豆をさらに完成させることができれば、ヴィールの表情も戻ってくると思われます」

なるほど。

では本題に入るとしよう。ホルコスフォンは、現段階の納豆に何が足りないと思われる？

「調味料です」

ほう。

たしかに納豆をそのままで食べるということ自体、前いた世界でもなかったからなあ。

必ず何らかの調味料は、納豆にかけて食べた。

醤油《しょうゆ》とか、からしとか、ネギとか。

納豆ってそれ自体に味の主張が控えめだから、意外とどんな調味料とも合うし、逆に何もないと物足りなくなるんだ。

というか今まで何の調味料を加えずに、そのまま食べてたってことか？

そりゃヴィールも最終的に無表情になるわ。

「納豆に合う調味料を考えてほしい、ということなら俺も何らかの考えは出すことはできると思う」

「本当ですか！　さすが我がマスターです！」

納豆に関する時だけ感情の起伏が現れるホルコスフォン。

「では皆で考えてみよう！」

ドストレートに醤油を掛けてもいいし。

ネギや卵も有名なところだ。

ちょっと変わったところで砂糖をかけてもよいと聞く。

油もいいそうだな。ごま油とかオリーブオイル、どちらもオークボたちが搾って生産しているから試してみるとよい。

これだけの案をホルコスフォンに提示してみたところ……。

「ダメです」

ダメらしかった。

何故《なぜ》？

「それらはもう既に試したからです」

既に試せるものは一通り試してから来たんだね。

勤勉なことよ。

「マスターの仰《おつしや》られる通り、優良な味のハーモニーを奏でる食材たちですが、突き抜ける感触は得られませんでした。試食させたヴィールも無表情のままでしたし……」

キミはどれだけヴィールを無表情にしたら気が済むのか？

大丈夫なの？　ちゃんとヴィールに笑顔や泣き顔は還《かえ》ってくるの？

「不甲斐《ふがい》ないことながら、こうなってはマスターの叡智《えいち》にお縋《すが》りする他ないと参上いたしました。マスター、どうか真理をお授けください……！」

彼女は納豆が絡むと本当に言葉遣いが仰々しくなるな。

しかしここまで寄せられた期待を無下にするわけにはいかぬ。

「うーむ……」

腕を組んで考え込む。

色々試してしっくりくる答えが出なかったということは、やはり基本中の基本に立ち返ってみるべきだろう。

やはり納豆のタレ。

パックの納豆に必ずついているアレ。

生産者が当たり前のように付属させるぐらいなんだから、あれ以上に納豆に合う調味料はないと考えてよいのだろう。

ではどうする？

作るか？

異世界で納豆に続き、異世界で納豆のタレ作り。

挑戦する価値はある。

でも納豆のタレって、どう作ればいいんだ？

色を思い出すに、醤油ベースであることは間違いないよな？

でも前の世界で味わったものを思い出すに、明らかに醤油だけでない深みのある味が混じっていた。

恐らく海系の味。

めんつゆと同様に出汁《だし》が混じっているのだろうと推測できる。

出汁と言えば、昆布or鰹節《かつおぶし》？

昆布か鰹節をたっぷり煮立たせてとった出汁を、醤油に加えるとする。

その場合、やはり真っ先に選ぶべきは昆布だろうな。

だって海から昆布を取ってくればいいだけだから。

鰹節の場合、原料がカツオということはわかっていても、それを発酵させたり乾かしたりとかで手間暇かけないと問題の鰹節まで行けなさそう。

難しいことを避けて、簡単な方から片付けていく。

それは立派な問題解決方法だ。簡単な方を解決していくうちに、難しい方も自然と簡単になっていくこともよくある。

しかし今回はあえて難しい方も選択してみようじゃないか。

「決めたぞホルコスフォン……！」

「何事でありましょうか？」

納豆のタレだけではない。

鰹節を生産できるようになれば、料理のレパートリーも広がるはずだ。

この冬の目標は……。

「鰹節を作る！」

鰹節《かつおぶし》を作ることにした。

伝統的な保存食。

カツオの身に何度もカビ付けすることによって水分を抜き、長期保存できるようにした上に独特の旨味《うまみ》を付加させたアレである。

ホルコスフォンの要請が発端ではあるが、広い用途に役立ちそうなこの食材を全力で作っていくこととしよう！

「……で、鰹節を作るためには何が必要であろうか？」

カツオ。

答えが出てしまった。

鰹節を作るのにカツオがいるのは当たり前のことである。

しかしここは異世界。俺が前いた世界とは生態系も異なっていて、向こうの生き物がそのままこっちにもいるということはない。

こっちの世界でカツオを釣れる可能性など皆無。

しかし欲しい生き物はおらずとも、それに近い姿形をした近種は大抵いるものだ。

俺の鰹節づくりの道のりは、まずその『カツオの代用となれる異世界魚探し』から始まる。

＊　＊　＊

俺はまず、農場冷蔵庫の魚が保存してあるエリアへやってきた。

しかし今、倉庫内の彩りはそんなに賑《にぎ》やかじゃない。

前の冬、オークボたちが遠洋漁業でたくさん獲《と》ってきた魚もとっくの昔に食べ尽してしまったし。

その間定期的に船を出して漁業してきたものの、農作業の合間にしか行えないので近海での漁がせいぜいだった。

「う～む？」

「冬にもなったことだし、またオークボたち船を出すのかな……？」

彼らが自主的に起こした活動を当てにする日がこようとは。

何やらむず痒《がゆ》い思いを覚えつつ、オークボたちに予定を聞いてみたら……。

「船が壊れた？」

意外な答えが返ってきた。

オークボたちが前の冬に建造した漁船が、もうあちこちガタが来て使用不能らしい。

「何せ色々初めてで、試行錯誤で造ったものですから、造り込みの甘い部分もあって傷むのも早く

「……！」

なんとなんと。

「なので今回の冬は、どうしようかと皆で相談していたのです。今年も漁をするために新しい船を造るか？　それとも別の試みをするか？　と……」

「やっぱり最初の航海で、バケモノが船上で暴れたのが効きましたねー」

オークたちはのほほんと話していたが、俺にとってはまずいことになった。

今冷蔵庫に保存してある魚の種類では、カツオの代用になりそうな魚はなかった。

なれば大きな船で遠洋に求めに行くしかゲットの可能性はない。

「……わかった」

「え？　何です我が君？」

「では新しい船は俺が造ろう!!」

「「「「ええええ～～～ッ!?」」」」

驚くオークども。

「待ってください！　我らの催しごとに我が君の手を煩わせることなど……！」

「俺も遠洋の魚が欲しいと思っていたところなので問題ない！　俺がとびっきりの漁船を拵《こしら》えてあげるので、皆気張って漁業してきて欲しい!!」

鰹節作りが船造りから始まることになった！

しかし、これから毎年こういうことが繰り返されるのかと思うと、一年ごとに漁船を新造しなきゃならなくなるのは面倒だ。

「ここは一発気合いを込めて、百年乗っても大丈夫な頑強漁船を造り上げるとしよう!!」

「おお!」「我が君!!」

オークたちも盛り上がっている。

「我が君が全力を挙げて拵える船……! 一体どんな凄《すご》い船になるんだ……!?」

「きっと我々の想像もできない、凄いのになるに違いない」

容赦なくハードルガン上げしてきなさる。

お、おう……!

そこまで言うなら、古今東西に類を見ない画期的な船を造り上げて見せようじゃないか……!

……うん。

そうだな……?

「……鉄の船、なんてどうだろう?」

オークボたちが去年造ったのは木造船だったはず。

やはり金属と木材ならば、金属の方が強く丈夫な素材であることは疑いない。

そこで総金属製の軍艦のような船を造り上げてはどうだろう!?

「…………!?」

「えー?」

あれ?

どうしたオークたち?

俺の提案に対するその微妙なリアクションは?

「旦那様、頭おかしいんじゃないの?」

ええッ!?

だれだそんな辛辣な指摘をしてくるのは!?

我が妻プラティではないか!?

もう今日の分の感謝のラマーズ法千回終わらせたの!?

「いい旦那様、アタシが真理を教えてあげる……!」

「はい?」

「鉄はね……、水に沈むのよ!!」

ババーン!

そんな効果音が放たれそうなぐらい堂々とした宣言だった。

「水に沈む素材、鉄! その鉄で造った船も沈むに決まってるじゃない! そんなこともわからないのウチの旦那様は!?」

「いや……、あの浮力というものがあってね……!?」

「そんな唐変木なこと言われちゃあ、オークボちゃんたちだって微妙な表情をせざるをえないじゃない！　この子たち基本アナタに口答えできないのよ！　だからこそアナタはしっかりした言動で皆を導いていかないと！」

俺、言われ放題!?

しかし待ってくれ！

鉄の船は造れる！

俺の前いた世界では実際にあったというか、それが主流だったし……！

「あの……、我が君に対してこんな物言いはしたくないのですが……！」

オークボまで!?

我が農場一の忠臣オークボまで、そんな申し訳なさそうな表情に!?

「奥様の言うことはもっともですし……。仮にですよ？　万が一、水に浮かぶ鉄の船が造れたとしましょう？　でも、やっぱり相当な重さになりますよね？」

「それをオレたちの手で漕《こ》いで行くとか……！」

「まして帆で風を受けて進むとか……!?　想像できない……ッ!?」

他のオークたちまですっかり懐疑的に!?

疑われている。

文明の乖離《かいり》によって、互いの理解が阻害されている!?

「いいだろう……！　そこまで言われたら引き下がるわけにはいかない……!!」

キミたちが絶対無理だとタカを括《くく》っている金属船を、この手で造り上げて見せようじゃないか！

キミらが慕う農場主のこの俺が、どれだけ偉大な存在なのか改めて確認させてやろう！

その時に俺を見直すがいい!!

「あの……！　納豆のタレは……？」

そんな俺たちの様子を、ホルコスフォンがハラハラしながら見守っていた。

「止めてくれるなホルコスフォン！　事態はもはや、意地とプライドを懸けた戦いへと発展してしまったのだ!!」

「私は納豆のタレさえできれば、他はどうでもいいのですが……!?」

「農場主として尊敬の念を再び取り戻すためにも、俺は金属船を造り出す！」

「皆今でも充分にマスターを尊敬していると思うのですが……!?」

もっと尊敬されたい！

欲張り屋さん！

さて、金属船を造るとして、先んじてオークたちから貰《もら》った指摘はもっともなものだった。

――『金属だと重過ぎて進まない』

というものだ。

金属の船体が浮かぶこと自体は浮力でどうとでもなるが、推進に関しては問題ありすぎ。

人力や風力など、自然の力ではどうにもならない段階だろう。

もっと確固たる推進機関がセットで必要なはずだ。

蒸気機関だ。

蒸気機関といえば、燃料は石炭。

石炭といえば、最近お目にかかったばかりではないか。

「やっちゃう？　産業革命やっちゃう？」

「そんなこと私に聞かれましても……!?」

独特なノリとなってしまった俺を、ホルコスフォンは完璧に持て余していた。

まあ金属製の船を造るに、蒸気機関は必ずセットになるだろうし、造ってやるか！

造り方がわかんないけど!!

「こんな時、どうすればいいだろう？」

答えは決まっていた。

モノ作りと言えばあの御人、もといあの神。

俺は造形神へパイストスに泣きつくことにした。

用意するもの。
卵——、ウチで飼っているニワトリ型モンスター、ヨッシャモの生みたて健康卵。
お酢——、酒蔵でバッカスが創造した調味料が早速大活躍。
油——、今回はオリーブオイルを用意してみました。
レモン——、ダンジョン果樹園で育てています。
塩——、ダイレクトな海の恵み。
ウチの農場も、望めば何でも揃《そろ》うようになってきたなあ、と感嘆する。
しかし今は感慨に浸っている時ではない。
進まねば。
揃えた材料を、ぶっ込んで混ぜ合わせ、出来ました。
マヨネーズ！
さらにそれを、海神ポセイドスお気に入りの明太子《めんたいこ》と和《あ》えて……。

明太マヨネーズ！

それをおにぎりの具にしてヘパイストス神の神棚に捧《ささ》げた。

「ヘパイストスの神様、新たなる具材のおにぎりを捧げます。これと引き換えにどうか金属船……、いえ蒸気船の設計図をお与えください」

こういうことだった。

おにぎり大好きヘパイストス神に、新しい具材のおにぎりを捧げるごとに、新しい機械類の設計図が貰《もら》えるシステムになっているのだ。

これで以前ミシンの設計図を手に入れた。

等価交換なので『神は人に対してさらなるものを与えてはならない』という決まりに抵触しないらしい。

「この前の明太子おにぎりに捻《ひね》り加えただけじゃね？　と思われるかもしれません。……しかし！　梅干しはこないだ漬け始めたばかりですし、他におにぎりの具材になりそうなものは見当たらなかったのです！」

色んなもの作ってる割に……。

「しかし蒸気船が完成し、広い範囲へ漁に出た暁には、昆布やツナなど新たなおにぎりの具材が手に入る予定です。何より！　今回の主目標である鰹節《かつおぶし》が完成したなれば……！　作れます!!」

おかかおにぎり!!

「それらを考慮し、なにとぞ俺に蒸気船の設計図を!!」

神棚からまばゆい光が放たれ、俺の前に数枚の紙片が降ってきた。

その紙片に描かれている図面は……、船!?

「やったー! 通じた!」

これで蒸気船を造ることができるぞ!!

ありがとうヘパイストス神! 大好き! これからもたくさんおにぎりを捧げます。

「……ん?」

気づいたら、なんか神棚のところに豆電球みたいなものが数個並べてあった。

明かりは灯《とも》ってない。

いつの間にあんな出来たんだ? 俺は置いた覚えないぞ?

……え?

ヘパイストスゲージだって?

ほう、おにぎりの新作を捧げるごとに一つ点灯して、欲しい設計図と交換される仕組み?

だからもったいぶらずに新作おにぎりをジャンジャン捧げたまえ、ということですか。

わかりましたけどヘパイストス神。

直接俺の脳内に語りかけてくるな。

＊　＊　＊

さて、こうして無事、蒸気船の設計図をゲットできたわけですが。

その引き換えとしてとんでもないものを生み出してしまった。

マヨネーズ。

果たして俺は、異世界にマヨネーズを持ち込むべきだったのだろうか？

バッカスのところでお酢が作られて以降、マヨネーズも作れるだろうというのは大方察していた。

しかし作り出す踏ん切りがつかなかった。

何故《なぜ》かって？

マヨネーズと言えば恐ろしい調味料！

多大なカロリーと、重度の中毒性をもった、もはや薬物。

マヨネーズに依存してしまった者は、もはやどんな食物にもマヨネーズを掛けなければ気が済まなくなる!!

ご飯にマヨネーズをかけて食う！　マヨネーズにマヨネーズをかけて食う！

宴会芸の十八番がマヨネーズ一気飲み、みたいなマヨラーを我が農場から輩出してはならぬ！

というわけで残ったマヨネーズは厳重に保管して、存在を知らさぬようにしておこう。

「これがご主人様の新作だな」

「鉄の船造るとか言い出しながら、何作ってるの？」

もう嗅ぎつけられた!?

プラティとヴィールが即刻マヨネーズを発見しやがった!?

もはや俺の新作料理に反応するセンスがエスパー並みになってやがるコイツら!!

「生クリームみたいだが味が全然違うなあ」

「試しにキュウリに付けて食べてみましょう。美味《おい》しい！っていうか大抵の野菜には合うんじゃないの？」

やめろおおおおッ!?

それ以上マヨネーズの万能性に気づくと戻ってこられなくなるぞ！

何処《どこ》までも続くマヨラー道から！

「マスター、私は発見しました」

「ホルコスフォンまでいつの間に!?」

「このマヨネーズを納豆にかけたら、たいへん良く合うのではないでしょうか？」

そういう食べ方もあるらしいけどね！

しかし早まるな！

キミには鰹節で正統派のタレを作ってあげるから！

＊　＊　＊

「そんなわけで、蒸気船造りを急ぐとしよう」

造った。

作製期間一ヶ月。

理外。

「早すぎる!?」

「いつも思うけど旦那様の作製能力凄《すご》すぎでしょう!?　普通なら何十年と掛けて試行錯誤の末に完成させるものを何でポンポン造り出してんのよ!?」

ヘパイストス神から貰ったギフト『至高の担い手』のお陰だね。

あとホルコスフォンが、天使の能力でちゃっちゃと金属加工してくれたりしたんで、グッと作業時間を短縮できたのさ！

完成した船は既に進水して、我が農場近辺の海の沖合に浮かんでいた。

「本当に金属製なのに浮かんでいる……!?」

「金属だぞ？　叩《たた》くとカンカンって言うぞ？」

オークボ、キミのナックルであまりマジに叩かないでね？

オーク最強進化形のキミの腕力をもってすれば、いかにマナメタル製といえども船体に穴が空きかねないから。

「またマナメタル製!?」

「どうして、そんな簡単にマナメタルを惜しげもなく使っちゃうの!?　え!?　この船の外面マナメタルなの!?　全部!?　これだけの量、剣を打ったら何百振り作れるんだよ!?」

造船計画のこと話したら先生が乗り気になってくれて。

ダンジョンの滞留マナを凝縮して、たくさんマナメタルを生産してくれた。

先生レベルになると作ろうと思って作れるんだねマナメタル。

「結構大きめになったのは、漁船として網漁もできるようにしたいのと、やっぱり蒸気機関を積み込むためにある程度のスペースは確保しないといけなかったなどの理由がね……」

「船体が大きくなった分、大量のマナメタルを使用している点の方が度し難いんだけど」

そして肝心の蒸気機関なんだけど！

…………。

……製作中に先生がやってきましてね？

『なるほど、ここで熱した蒸気の勢いで動力を得るわけですな？　しかし石炭だと燃やすのが大変ですし、煙で汚れるでしょう』

……と言って炉の中に赤い石みたいなのを投げ込みましてね？

『火炎魔法の結晶を置いておきました。魔力を流し込むと反応して高熱を発生させます。煙も煤《すす》も出ませんので石炭よりは扱いやすいでしょう』

……ってね。

気づいたら蒸気船がただの魔法動力船になっていた……！

「ノーライフキング手製の魔法結晶なんて、一流冒険者が一生かけて探し求めるレアアイテムですよ。外装はマナメタル製で。そもそも魔法動力船なんて魔国にも一つか二つしかない超軍事高級品なのに……!?」

でもまあ、これで晴れて遠洋漁業できるわけだ。

準備はいいか？

オーク軍団よ船に乗り込め。

今回は俺も船に乗って漁を指揮する。そして異世界カツオに相当する魚を一本釣りしてくるのだ。

「わー、楽しみよねー」

「プラティ!?　キミまで船に乗るの!?」

「そりゃ海のことと言ったらアタシの独壇場！　それに……」

「？」

「妊活の真っ最中に旦那様と離れ離れになるわけにはいかないでしょう？　継続は力なり、っていうじゃない？」

え？

もしやプラティさん？　船上でも？

これは……!?

早めに漁を済ませて、早めに帰ってこよう！

航海誌

オレは魔族の船乗り、ラッチャ・レオネス船長。

海の神秘を求める探検家だ。

海には、命を賭けて追い求めるべきロマンが数多くある。

太古の昔、落ち延びた魔族が移り住み独自の文明を築いているという島。

人魚族が管理するいくつもの楽園島。

そして竜の王ガイザードラゴンが住むという龍帝城も海の最果てにあるという。

いずれもまだ所在が知られていない。

実在が確認されていない。

それら、誰も見たことのない島を見つけ、最初の一歩を踏みしめる。

これこそ海洋探検家の本懐というものではないか。

陸の方では戦争が終わり『すべての世界は繋《つな》がった』などと言われているが、そんな言葉は狭い世界しか知らない連中の戯言《たわごと》よ。

この世界は、オレたちのまだ見たこともない領域の方がずっと広く大きい。

その一つ一つを限りなく解き明かし続けるのが、海の男の人生だ。

この命ある限り、オレは道なき海洋を進んで行くぜ。

我が愛《いと》しい想《おも》い人《びと》、サンイメルダ号よ、その豊満な帆に風を抱け！

＊　＊　＊

そして航海の途上、サンイメルダ号の帆は風をまったく抱きしめなくなってしまった。

凪《なぎ》だ。

オレたち船乗りにとってもっとも恐ろしいもの。

風もなく波もない。

すべてが押し黙ってしまった静寂の海。

帆船は、風を帆に受けなければどこにも動くことができないから、一旦凪に捕まったら、お天道様の気まぐれをひたすら待ち続けるしかない。

風がなくとも自由に航行できる魔法動力船なんかに乗れるのは、ごくごく一部、魔王軍のお偉い方ぐらいだけだ。

いつ風は吹く？

少し待ってれば吹くかもしれないし、あるいは明日にならないと吹かないかもしれない。

三日経《た》っても、十日経っても、一ヶ月経っても半年経っても風は吹くかわからない。

船上のオレたちが飢え渇き、死に絶えてなお吹かないかもしれない。

凪に捕まった船ほど情けないものはない。自分たちは自然の気まぐれによって生かされている小さな存在だと実感する。

船が止まって既に十三日が経った。

想定を遥《はる》かに超える停滞に、備蓄の食糧が底を尽き始めていた。

奇跡的にすぐさま風が吹き、最寄りの港へ飛び込めたと仮定してもギリギリの残量。

乗組員たちに日に二回の食事を一回に減らすと伝え、耐え忍ぶ態勢を整えるも、それも風が吹いてくれなければ、どうしようもない。

甲板に絶望が漂ってきた。

オレたちはこのまま渇き死ぬのかと。

海洋冒険家の終わりにしては、いささかドラマチックに欠ける。

ここで死ぬならせめて、雷でも落ちてこの身を焼き尽くしてくれないだろうか？

「船長……！　船長！」

くだらない妄想に耽《ふけ》っていたら、船員に呼びかけられた。

「……なんだ？　オレたちを冥界へ連れて行く幽霊船でも見つけたか？」

「幽霊船かどうかはわかりませんが、見張りが船を発見しました。真《ま》っ直《す》ぐこちらへ向かってきています」

冗談で言ったつもりだったが、意外な報告に意識の霞《かすみ》が一気に晴れる。

「何バカなことを言ってる？　船が向かってきてるだと？」

オレたちがどんな危機的状況に陥っているのか忘れたのか？

微風もない凪の中、どんな船が波を割って進むというんだ!?

「だから船員たちも動揺して騒いでます。案外本当に幽霊船かもしれません……！」

船員のくだらない冗談に、思わず舌打ちが漏れる。

まあいい、この目でたしかめれば済むことだ。

俺は船長室を出て甲板に上がった。

「どっちだ？」

「右側です」

船員の案内を受けて甲板の端に出ると、たしかに海を隔てたずっと向こうに船らしきものが浮かんでいる。

帆がない。

不思議な外観だった。

そして明らかにこちらへ向けて近づいてくる。

「……凪はないよな？」

そんなこと自分の肌に聞けばすぐさまわかるのに、周囲に尋ねずにはいられなかった。

何故《なぜ》あの帆のない船は、風のない凪の中をかまわず進んでいる!?

「風もないのに動けるなら、そりゃ帆なんていらんだろうが……!?」

「噂《うわさ》に聞く、魔王軍の魔法動力船ってヤツでしょうか？　それなら風もないのに動けるのは納得ですが……」

「いや……！」

オレは魔法動力船の現物を見たことがあるが、今遠方にうっすら見えている船とは明らかにデザインが違う。

今、視界の大海原に浮かぶ謎の船は、もっとキラキラしているというか……？

……近づいてくるごとに段々ハッキリ見えてきた。

なんだこれは!?

船体が金属みたいに輝いてやがるぜ!?

「いや、金属みたい……、じゃない！　金属そのものだ！　鉄の船だ！」

「なんで鉄なんだよ！　普通水に沈むだろ!?　潮風で錆《さ》びるし!!」

「まさか本当に幽霊船んんんッッ!?」

船員たちも混乱している。

「ど、どうします……!?」

「どうもこうもねえ、こっちは動けないんだから、向こうが来るなら迎えるしかない。……ただ、船員には一応武器を持たせておけ」

　やがてその不可思議な船は、オレたちのサンイメルダ号に横付けした。

　板が渡され、両船を繋ぐ即席の橋ができる。

　そして渡ってきたのは……。

「オーク!?」

「ぎゃあああああッ!?　何故モンスターがあああああッ!?」

　モンスターの乗る船!?

　益々《ますます》わからない何なんだあの船は!?

　ただ一つだけ確実に言えるのは、乗り移ってきたオークは通常とはまるで違う。

　コイツらが暴れたらまず間違いなく、我が船は全滅だ。

　……と一目見てわかるぐらい、気配が違う!?

「あ、あのー……」

「!?」

　なんかオークの方から話しかけられた。

　一体何!?

「何かお困りのようなので許可なく接舷させていただきましたが、大丈夫ですか？　遭難ですか？　皆さん顔色も悪いようですし、お腹減《なか》ってます？」

オークに気遣われた。

聞かれたからには答えねばと、自分たちの置かれた窮状を話して聞かせたが……。

「なるほど……。我が君！　やはり遭難者のようです！　食料が尽きかけているとのこと……！」

オークが自分らの船へ振り返りながら叫ぶと、向こうの甲板に一人、ヒョロッとした……、人族？

……かな？　あの外見は？

「わかったー！　惜しまずジャンジャン運び込むよ！　病人とかいないか詳しく聞いてー！」

「承知！」

モンスターが人族の言うことを聞いている!?

その問題の人族が、さらにこっちへ向けて声を張り上げてくる。

「あー！　アナタがそちらの船長さんですねー!?　こんな遠くからすみませんー！　俺がこっちの船のリーダーですー！　今から食料運び込みますから、改めてその時挨拶しますねー！」

「は、はあ……!?」

「壊血病とか大丈夫ですか!?　知ってますよ海でなるんですよね壊血病!!　オレンジジュースたくさん積み込んできましたからー!!」

一体何が何なんだ……!?

ともかく確実に言えるのは、この珍妙な遭遇者によって本来死ぬはずだったオレたちが明日を得ることができた、ということだった。

＊　＊　＊

「……というわけで」

あれから五日後。

最寄りの港街に入港できたオレは、酒場で酒を呷《あお》り、生の実感を噛《か》み締めた。

船員一人も欠けることなく生還できた。

よかった！

「凪に捕らわれたオレたちは、その不思議な船に牽引《けんいん》され、貿易風の流れる通航ルートに乗ることができたんだ。それまでは本当に死を覚悟してたぜ。お前のむさい面も二度と見れないと思っていた！」

「うっせえよ、それよかもっとましなウソつきやがれ」

港町で偶然出会った探検家仲間と酒を酌み交わし、早速オレの不思議体験を披露してやったというのに。

ハナッからウソつき呼ばわりか!?

「ウソに決まってんだろうが！　帆もないのに独りでに走る船？　しかも外装が金属製？　そんな

船がこの世にあるわけねえだろうが！　金属なら沈むわ！　潮風で錆びるわ!!」

「それはたしかにそうだが……、この目で見たんだからしょうがねえだろ……！」

あれは本当にあったことだと信じるしかない。

広大な海に存在する幾百ものロマン。

あの船は、そのロマンの一つなのだ間違いなく。

しかし海の男仲間は、そのロマンを信じられないらしい。

「そんな与太話よりもよ。最近巷《ちまた》で面白い噂話が流れてるんだが、聞かねえか？」

「あ？」

「何でもよ、この世界のどこかに、あらゆる秘宝が一挙に集まった理想郷があるらしい。…………その名も聖者の農場」

聖者の農場？

「人族の冒険者どもの間でも噂が広がっててな。聖者の農場に行けば、人が夢見るどんな道具や、武器や、宝や、御馳走《ごちそう》だってあるんだという。それで相談なんだがな？」

「その聖者の農場とやらを一緒に探そうと？」

探検家仲間は、山っ気たっぷりの強欲顔を見せるが、オレの心は踊らなかった。

「やめとくよ」

そんなものよりも今は、追い求めたいものがオレにはある。

「あの不思議な船を、オレは再び見つけ出す！」

あの船とは結局正規の通航ルートに入る際に別れてしまった。

不覚にもオレは、その際相手の名も素性も聞かないままにしてしまった。

あまりにぶっ飛んだ状況のために困惑し通しだったこと、空腹で頭のめぐりが悪くなっていたのを鑑みても大失敗だ。

だからオレにはわからない。

あの船が、何処《どこ》で造られたどんな船なのか。その船を指揮する、あの人族らしき男は何者なのか。その名前も。

何処に行けば再び会えるかすら。

「見たことのない聖者の農場なんかより、あの不思議な船だぜ。何しろ実際見たんだからな！」

「極限の空腹で見た幻なんじゃねえの？」

「ほざけ。あんな凄《すご》い船は、聖者の農場とやらにもありゃしねえだろうよ。オレは再びあの船に出会い、その謎を解き明かしてみせる!!」

海洋探検家の心を震わせるロマン。

あの不思議な船こそ、第一級のロマンに違いないのだから。

ただいまー。

漁から帰ってきました。

俺です。

途中、海難に遭った帆船とかを助けたりしてドタバタしたけど、おおむね順調な航海だった。

魚も大量に獲《と》れたしね。

しかし、船で釣った魚はそのまま船底に保管することなく、血抜き処理をしてから転移魔法で直接農場へ転送。

すぐさま冷凍保存という画期的なサイクルを完成させたため、ますます船内のスペースに余剰が出てしまう。

先生のおかげで船に山盛り石炭積み込まなくてもよくなったし。

……一回船内を抜本的に改装した方がよさそう。

まあ、それはあとの問題と据え置くとして……。

今考えるべきは、異世界でカツオの代用となりうる魚がいるかどうか？

釣果から色々吟味して選抜したところ、具合のよさそうなのが出てきた。

俺の知ってるカツオより二回りほど大きいんだけど、青魚で腹に縞《しま》のある外見はカツオっぽい。

「ああ、それカッツ・O《オー》じゃない？」

我が妻プラティが何か知っているようだ。

「これもモンスターなのか……」

「回遊魚型のモンスターよ！　身が締まって美味《おい》しいから、人魚国でも大量に出回ってるのよね！

なんだ旦那様、カッツ・Oが欲しいなら実家に頼めばいくらでも送ってもらえるのに……」

俺たちの脳裏に浮かんだのは、苦労して造った、この世に二つとないマナメタル製の魔法蒸気船。

「…………ほ、ホラ、ウチは自給自足が原則だから」

「そ、そうよね……！」

さすがにアレを造った意味がないという結論には行きづらかった。

試しにそのカッツ・Oとやらを切り分け、タタキにして食してみたが、まあ美味《うま》い。

そしてカツオの味そのもの。

これは合格！　ということで本格的に鰹節《かつおぶし》にしてみる。

呼び方がややこしいのでカッツ・Oを原料にしても鰹節に統一だ。

適当な大きさに切り分けて、煮て、燻製《くんせい》にする。

厳密には試行錯誤を何度か繰り返したが、前の世界での聞きかじり知識を押し広げていくような感覚で、鰹節づくりを再現。

「よし、あとはカビ付けだ」

鰹節作りの他にはない重要な工程。

それはあえてカビを付着させることで本体の水気を吸い取り、堅く乾かしていくこと。

そのため俺は初期段階から、カビの用意を意識していた。

具体的には、その道のエキスパートというか大好事家、人魚ガラ・ルファに一任しておいたのだ!

「聖者様、ご注文のカビ菌用意しておきましたよ!」

同族の人魚たちから『疫病の魔女』とも呼ばれ、ファンタジー異世界において誰からも認識されていない細菌の存在に傾倒するガラ・ルファ。

発酵に関しては彼女に任せておくのが一番ということで、人魚の薬学魔法でハイブリットした魔法カビを噴霧して、どう推移していくかを見守る。

「何種類かの魔法カビを試作してみたので、それぞれ分けて試行してみましょう」

結果、一番素早く鰹節の形になったものを採用。

ここに完成した。

異世界鰹節!!

＊　＊　＊

「なんだこれ？」

完成した鰹節をお披露目して、感想の第一声がそれだった。

発言者はヴィール。

「何やら色々大騒ぎして、最後に出来たのがこれか？　なんか地味だな？」

たしかにここまで来るのに色々あったよね。

マヨネーズ作ったり船造ったり。

副産物の多い企画だった……!!

「これならあのマヨネーズの方が美味しいんじゃないか？　まあ、寛大なおれは、実際に味をたしかめるまで不用意に結論は出さないがな」

そう言ってヴィール。

鰹節のサンプルを一つひょいと持つ。

「では味見……」

あっ。

ヴィールったら鰹節を丸々そのまま口に入れて、歯を立てて……。

ガキン、と。

「うぎゃあああああああッッ!?　歯が！　歯があああああああああああッッ!?」

のたうち回るヴィール。

鰹節をそのまま食そうとか、まして歯を立てるとか何事か。

「ドラゴンのヴィールが嚙《か》み切れないなんて……!?」

その間抜けな光景を見守って、プラティが戦慄の声を上げる。

そしてヴィールの手から鰹節を取り上げ……。

「ねえエルロン、そこの薪《まき》一本貰《もら》っていい?」

「ん? ああいいぞ。どうせ窯焚《た》きで燃やすものだし……」

プラティは、右手に鰹節、左手に薪を持って……。

どうする気だ?

凄《すさ》まじい速度で右手に持つものと左手に持つものをぶつけ合った。

そして木っ端みじんに砕け散ったのは薪の方。

「わかったわ! これは武器よ!」

プラティが唐変木なことを言ってくる。

「魚を原料にするから食べ物だと先入観に囚《とら》われていた! この硬度、まさに理想的な鈍器!」

「違うわ!」

「えー? じゃあ何なのよ? 間違っても食べ物じゃないでしょこの硬さは?」

まあ、そう言われたら、こんなフォスフォフィライトも一撃粉砕できそうな硬度十の物質どう食

すのかと頭を抱えそうだが。

そもそもこれ、俺の知っている元々の鰹節より硬い気がするんだけど……？

ガラ・ルファの作った特製カビの影響か？　それともまた『至高の担い手』が知らないうちに発動したか？

これでは削って削り節にするとしても、生半可な刃物では到底歯が立たなそうだ。

と、すればどうしよう？

うん。

聖剣使うか。

さすが邪聖剣ドライシュバルツ。

並の鉄剣じゃ、逆に刃こぼれしそうなほど硬い異世界鰹節がみるみる削れていく。

向こう側が透けて見えるほど絶妙の薄さに削れた。

「さ、これなら大丈夫。味見してみ」

「え～、大丈夫か？」

さっき歯が折れかけて必要以上に慎重になっているヴィール、それに加えてプラティも削り節を一枚口に含む。

「まあ、塊よりは口に入れやすいけど……、ん？　これは？」

「噛めば噛むほど味が出てくるぞ！　なんだこの味は!?」

「甘味でも辛味でもなく、酸味でもないし……⁉」

「苦味でも当然ない……⁉」

そうこれは……。

「「うま味‼」」

うま味成分たっぷりの鰹節であった。

＊　＊　＊

お披露目も済んだところで、さらにまた聖剣で鰹節を削り、削り節を作っていく。

それを鍋で煮て、エキスをしっかり取ってから醤油《しょうゆ》や昆布エキスと混ぜ合わせ、何度も味見しながら塩砂糖で調整する。

そして……。

「出来た。納豆のタレ」

どうだホルコスフォン？

このタレをかけて食う納豆の味を試してみてくれ。

「賞味させていただきます……！」

特製タレとたっぷり混ぜ合わせた納豆をみずから食すホルコスフォン。

「…………」

空になった碗《わん》と箸を重ねて置き、一言。

「究極です」

やったー!!

我が農場の納豆マニアであるホルコスフォンのお墨付きが出たぞ！

ここまでの苦労が報われた!!

「マスター、本当にありがとうございます。マスターの優しさに報いるよう、さらなる納豆作りに邁進《まいしん》する所存です」

「ほどほどにな」

さ、これで一件落着だ。

色々と副産物も多く生まれた今回だが、成功裏にまとまって本当によかった。

「さて、では納豆のお代わりを……」

「?」

「次はマヨネーズをかけて食べてみましょう」

そして我が農場で密《ひそ》かに、着実に。

マヨネーズが侵食しつつあった。

城を建てる話

冬のある日。

オークボが、なんか俺にお願いしに来た。

しかもオークボだけじゃなく他のオークも数多く引き連れて……。

「我が君に、お願いがございます」

「何？」

オークボたちの方から俺にお願いしにくるとは珍しい。

彼らオークは、我が農場の立派な仲間。

そんな彼らが改まって頼みに来るのだから大抵のことは叶《かな》えてあげたい。

「言ってみたまえ」

「先日の我が君の御業《みわざ》、我ら一同心から感服いたしました！」

変な前振りから入る。

オークボたちも、ウチに来てから相当レベルアップしたけど妙な仰々しさまで覚えてしまったな。

「マナメタルの船！　あのように奇妙でかつ合理的、誰も想像したこともないものを完璧に仕上げる我が君の絶技！　我ら一同心より圧倒されました。あれぞまさに神の技！」

「いやいや……！」

ちょっと褒め過ぎですよオークボくん。

……あ、ズッキーニ食べる？

「我らはまだまだヒヨッコでした……！　数多くの家を建て、蔵を建て、水路を引いて、実績を上げてもまだ主君の足元にも及ばぬ……！　そこで思ったのです！」

「何を？」

「我々もさらなる実績を上げたい！　これまでにないものを建設してさらなる技術を身に付けたい！　と思うのです!!」

これまでにないものを建設、って……。

「何を建てるの？」

「城です!!」

城か。

何言ってんだコイツ？

いやいや待て待て。俺の可愛《かわい》いオークボたちが真剣に頼んでいるのだ。

こちらも真剣に聞いてあげようではないか。

「……し、城建てたいの？」

「御意！　これまでにないほど大きいものを！」

我が農場で、さまざまな建築物を建築するのはオークたちの担当だった。

彼ら力持ちだからね。

それが気づいたらいつの間にか、こんな立派な建築マニアに育っていたとは……。

建てること自体に喜びを感じるようになってしまったんだね。

酒道楽に食道楽、様々な道楽あれど、究極の道楽は普請道楽なんて言ってる場合じゃねえ。

「いやあ、でも待って？　城なんてどこに建てるつもりなのさ？」

ウチの農場のどこに建てても邪魔になると思うよ？

城ってあれでしょう？

やたらでっかくて、豪勢で、石造りで作っちゃうやつでしょう？

そんなの我が農場に建設して、どう活用するつもりだよ？

「心配御無用。城を建てるのは農場内ではありません」

「農場の中じゃない？」

じゃあどこに建てるのよ？

「エルロン殿が、ここに来る途中に見かけたそうなのです。城を建てるのに絶好の条件を持った土地を」

「エルロンが？」

エルフのエルロンが？

彼女たちは、元々魔国人間国を荒らし回るエルフ盗賊団だったのが、盗賊ゆえの逃亡生活の果てに、ウチまでたどり着いたという。

その途中、何か色々見ていたとしてもおかしくないが……。

「その場所で、納得いく城を建ててみたいのです！」

「待ってそれ、農場の外に出ていくってこと？　キミらが農場を離れるのは寂しいんだけど……!?」

「行きはヴィール様に運んでいただけるよう話はついています！　そして現地に着いたら転移ポイントを設置しますので、毎日、夜には帰ってくることができます！　転移魔法で！」

色々完璧じゃないか。

「我が君の許可を頂きたく！　お願いいたします！」

「「「「お願いいたします!!」」」」

今までずっと農場で暮らしてきたオークたちを外に放つのは心配だけど、ここまで本気で頼んでくるのを無下にもできないし……。

冬ですることが極端に少なくなってるから、それを埋め合わせるためにもいいかな。

「よきにはからいなさい」

「ありがとうございます!!」

こうしてオークの出張城作り編が始まった。

＊　＊　＊

「……ここが、絶好の城作りポイントかぁ……!?」

俺も気になったし暇だったしで、オークボたちの城作り遠征に同行してみることにした。

ドラゴン形態のヴィールに乗って、エルロンの案内で空を飛ぶこと……。

体感的に三時間程度だったかな？

そこは小高い丘で、頂上に立ってみると大変見晴らしがいい。

見下ろすと大きな川が流れているのが見え、その先には雄大な平地が広がっていた。

「……耕したら、さぞいい田畑になるんだろうなあ」

と思ってしまうのは、もはや職業病だろうか？

「オークボリーダー！　この丘上の土地！　平らな上に広大です！　デカい建築物を建てるにはもってこいです!!」

「あの川！　あの川まさに天然の堀じゃないですか!?　飲み水としても使えるし！」

「待て落ち着け！　川の水を飲料に使う場合、上流から毒を流される可能性を考慮しておかなくては！　手分けして調査だ！　水源の位置を確認して来い！」

……。

オークたちの意気込みがガチすぎて引く。

そういえばお城というのは本来、敵が攻め込んできた時に立てこもって応戦するための、戦争施設であったと聞く。

最初『城を建てたい』とオークボたちが言い出した時、単にでっかい建物を建てたいだけなのかと思っていたけれど、そうじゃないっぽい。

コイツら、攻城戦に耐えきれるガチな城を建てようとしてやがる……!?

城に籠もれば十年戦えるぞ的な!?

「転移ポイントの設置完了しましたー」

何気に同伴していたベレナが仕事していた。

これでオークたちは来たい時いつでもここに来れるわけだが……。

オークたちの冬の工作、城作りが始まった。

＊　＊　＊

……一ヶ月後。

俺はオークたちの工作ぶりを見学するため、再び丘の上を訪れていた。

もうかなり完成していた。

最初来た時はただの平地だった丘の上に、見るも立派な城が建てられてた。

西洋風の石造り。

防護用の城壁とか見張り用の側塔とかもしっかりしていて、ちょっとやそっとでは切り崩せなさそう。

「我が君！　ここにカタパルト置いて一斉投石するとカッコよくありませんか!?」

「川の向こうまで長距離で飛んでいくのを鋭意設計中なので!!」

「見てくださいここ！　この壁の穴から矢で狙い撃ちにできるんですよ!!」

「この通路を通ろうとした敵が落とし穴に落ちて、上からボッコボコってスンポーですよ!!」

オークたちが楽しそうなのはいいが、どんな難攻不落の要塞を作る気なのか？

闘争心剝《む》き出しすぎる施設になっているじゃないか。

城はまだ完全に完成とはいえず、そこかしこからトンカン木槌《きづち》の音が聞こえてくるものの、実質的に今敵が攻め込んできても充分対応できそうな出来に仕上がっていた。

でも、これ出来上がったあとどうするんだろ？

動機からして「作りたいから作りました」としか言いようがない始まりだったからなあ。

「オークボリーダー！　我が君！　大変です!!」

なんかオークの一人が、慌てて駆け寄ってきた。

俺も居合わせていたのが幸いと、報告してくる。

「休憩がてら、ちょっと周囲を散策してみたのですが、とんでもないものを発見してしまいました！」

「ん？」

「人族の村があります!!」

オレは村人。

名前なんてどうでもいい、何処《どこ》にでもある田舎村の、何処にでもいる普通の住人だ。

農民の父と母から生まれ。

いいこともないが、度が過ぎて悪いこともなく、日々同じことを繰り返して歳《とし》を取り、気づけば自分も夫となって父親になっていた。

娘は今年で八歳になる。

途中、オレたちを支配する人間国が滅ぼされて、魔族が代わりに支配するようになったけど、特に変わりはない。

オレたち庶民にはどうでもいいことだ。

それどころか税は軽減され、土も心なしか豊かになってきた。

植えた作物も育ちがよく、このままいけば暮らしはどんどん楽になっていく。

そう思っていたのに……！

天の神様は、オレたちに試練をお与えになった……！

* * *

「丘の上にモンスターがいた……！」

「やはりか……!?」

最近、山中に妙な気配が漂っていたので、たしかめてみたら案の定だった。

村の中で特に度胸のある若者を様子見に行かせたのだが、真っ青になって帰ってきた。

「……して、どんな種類のモンスターじゃった？」

「人型だ。でっかいナリをして、たくさんいた……！」

「それはオークじゃな。知恵がある上に群れて行動する。厄介なヤツらじゃ……！」

村で一番物知りな長老の解説ではあるが、名前がわかった程度で何の利があろうか？

モンスターは凶悪。

重要なのはそこだけで、その点、細かい種類に違いはない。

ウチ程度の小村が、ある日突然モンスターの群れに強襲されて壊滅する……。

などという話は、よく聞くことだ。

「モンスターの様子はどうじゃった……？　こちらには気づいておったか？　長居する雰囲気じゃったか？」

「近くにオレたちの村があることには気づいてない風だった。でも確実に住みつく空気だったぜ。

なんか木を伐《き》り出して色々作ってたもん……！」

そんな！

モンスターが村の近くに巣食うというだけで、存亡に関わる大惨事ではないか！

今はまだオレたちの存在に気づいていないかもしれない。気づかないまま通り過ぎてくれたら万々歳。

でも居座り続けられたらいつかは気づく。

気づかれた瞬間オレたちは終わりだ!!

「こんな小村滅ぼすのに、オークなら十体もいれば充分じゃろう。実際ヤツらはどれくらいいた？」

「最低でも三十体ぐらい……！」

ダメだ……。

オレたちの村終わった。

ヤツらがこっちに気づくまでがオレたちの寿命の残り……！

「今すぐ領主様に連絡して兵を出してもらおう！　そしてモンスターを追っ払うんだ!!」

「それが最善じゃろうのう。……よし、村で一番足の速い者を使いに出すんじゃ。領主様が動いてくれるまで、ワシらはじっと息を潜めてモンスターに気づかれんようにするんじゃ……」

皆も長老の指示に賛同し、オレたちは草木のように息を殺して耐え凌《しの》ぐことにした。

静かで長い日々の始まりだった。

＊　＊　＊

そうしてオレたちが息を潜めている間も、度々偵察は重ねられていた。

するとと驚くことがわかった。

モンスターは丘の上に城を築いているらしい。

最初は、雨露を凌ぐ小屋かと思われたが、日が経《た》つごとに立派に大きくなっていき、もはや小屋とは呼べない規模にまで肥大化。

もはや城としか呼びようがない。

「石で壁作ったり、門建てたり、デッケェ城だ！　あれじゃあもう兵士が来ても倒せねぇかも!?」

様子見から帰ってきた者たちは慌てて泣きながら報告するのだった。

「これは……、最悪村を捨てる覚悟が必要かもしれんのう……」

長老が絶望するかのように言うのだった。

いつモンスターが襲ってくるかわからない村から去り、もっと遠くへ逃げようと？

そんな！　人間国の法術魔法もなくなって、枯れていた土のマナが戻ってきて、来年から益々《ますます》豊作だって期待していたのに。

余所《よそ》の土地に移って一からやり直せって言うのか!?

「皆殺しにされるよりマシじゃろう」

しかし……!?

オレの娘が最近、冬の寒さにやられて風邪を引いて寝込んでいるんだ。

熱も引かないし、今の状態で動かすことは……！

「もはや領主様のお助けを待つ余裕はない。一刻の猶予もならん。おぬしの娘には、生命力がもつことを期待するしかあるまい。他の者も急いで出立する準備を始めるのじゃ！」

村を捨てるという選択に誰も納得できないものの、他に生命を守る方法がないのなら従うしかなかった。

でも、オレには熱にうなされる娘がいる。

病身のこの子は、長い移動に耐えられないに違いない。

貧乏村の俺には、病気の娘に精のつく食事を与えてやることもできないし、暖かい布団を掛けてやることもできない。

あるのは精々麻の粗末な掛け物だけ。

こんな劣悪な環境では、治るものも治らない。

一体俺はどうすればいいというんだ？

娘を救い、村を守る方法が何かないのか？

＊　＊　＊

そして来た。

村を捨てる準備ができる前に、モンスターがやってきた。

ついに村の存在に気づいたのだ。

ヤツらの行動は迅速で、迫ってきたとわかった時にはもう遅かった。

「遅ればせながら、ご挨拶に伺わせていただきました」

「………………」

ん!?

オークは、三体ほどの小集団で正面からやってきた。

武器は持っておらず、代わりに何かの包みを持っていた。

「これは手土産です、つまらないものですがお納めください。いや、こんなに近くにお住まいとは露知らず、一ヶ月近くも挨拶なしで申し訳ありませんでした」

包みは、オークから代表の長老の手に渡る。

「我らの本拠地で作ってます野菜です。自由に調理して食べてください。村の皆さんに行き渡るよう、あとで仲間が荷車に積んでやってきますので」

「は、はあ……!?　……ッ!?　ッ!?」

長老が、恐怖と混乱で今にも昇天しそうな顔色になっている。

本当に昇天されたら困るので、オレが機転を利かせて応対を代わる。

「あ、アンタたちは、この村を襲う気はないのか!?」

「そんな滅相もない。我々に敵対の意思はありません。何事も平和が一番ではありませんか」

相手のオーク。

礼儀正しいだけでなく、堂々とした物腰が偉人めいていて圧倒される。

「で、では何故《なぜ》、城を建てているんだ!? 城? なのか? 城ってのはどこかを攻めたり戦争したりするために建てるものだろう!?」

「趣味です」

あまりにキッパリ答えてくるので、それ以上追及のしようがなかった。

「で、でも、アンタらが近くにいることで皆迷惑してるんだ。モンスターがいつ襲ってくるかわからない。そんな状況で皆怯《おび》えて、外もオチオチ出歩けない! 水汲《みずく》みや薪《まき》拾いも滞るし、第一皆精神的にヘロヘロヘロなんだ!」

もはやヤケクソ気味に言いたいこと全部ぶちまける。

向こうが逆ギレしたとしてもかまうものか。

「ウチの娘なんて、ただでさえ病気で具合が悪いというのに……!」

「病気ですか。それはいけない。医者にはもうお診せに?」

「こんな貧乏村に医者なんかいるわけないじゃないか!!」

「ならば私が診ましょう」

は!?

「これでも人魚族の名医から一通りの診察の仕方を学んでいます」

もう何が何だかわからなくなって、オレはオークに請われるまま、娘の下へ連れて行った。

オークは娘の口の中を覗《のぞ》いたり、胸の鼓動を聞いたりして……。

「典型的な風邪ですが、悪化して肺炎になりかけている。栄養不足と、この冷え切った部屋の空気が悪いのでしょう」

「そんなこと、わかったからってどうしようも……!」

「とりあえず、ガラ・ルファ様から預かってきた常備薬をお分けしましょう。ウチからのお土産の野菜で、栄養たっぷりのスープを作って飲ませてあげなさい。あとはできる限り部屋の中を暖かくすれば、風邪ぐらいすぐ治るはずだ」

オークは、懐から壜《びん》を取り出し、その瓶から丸薬を一粒出して娘の口元に運んだ。

翌朝、娘はいきなり元気になった。

何か釈然としないまま村の危機は去った。

ううん、大丈夫かなあ？

『近くに村がある！』と報告を受けた時、ご近所へ挨拶に伺うのは当然として、その役割は当然俺の役目だと思った。

しかしオークボが立候補し『ここの責任者は私です！』『どうか私にお任せください！』と押し切られてしまった。

ちゃんと御挨拶できたかなあ……？

村人とケンカしてないかなあ……？

ハラハラしながら村へと下る山道を見守っていると、やがてその道の向こうから幾人かが登ってくるのが見えた。

オークボだった。

無事帰ってきた。

さらに出がけには見かけなかった人影もちらほら見受けられる。遠目から見て人族なのは間違いない。つまり村人たちであろう。

全員ほろ酔い加減で楽しげだったのが、成否を語るまでもなく告げていた。

「我が君！　今戻りました！」

オークボがいつになく上機嫌で言った。

「こちらは麓の村の代表者さんです。我が君に引き合わせたく同行していただきました！」

長老と名乗る老人は、村の長も兼ねた代表者。

オークボの挨拶があまりにも礼儀正しかったので酒盛りにまで発展し、さっきまで飲み明かしていたという。

村の災厄と思っていたモンスターが無害とわかり、それどころかよき隣人であることがわかって安心感と開放感が半端なかったらしい。

「お土産にいただいた野菜も実に美味《うま》く、宴会の食材に使い切ってしまいましたですじゃ。村人全員、こんなに美味いもんを食べたのは初めてだと……！」

「いえいえ、そんな褒めちぎられても……！」

あとで補充をお送りしましょう。

「安心しましたですじゃ。最初にモンスターが住みついたと聞いて正直ワシら生きた心地がしませんなんだが、村一同胸を撫《な》で下ろしましたですじゃ」

そんなやせ細る思いをさせていましたとは。

もっと早く気づいてやれなくて申し訳ない。

「でも、これで誤解は解けて大丈夫ですよね？」

「実は問題がありますじゃ」

あれッ!?

「丘にモンスターがおると知れた時、即座に領主様に報《しら》せを出しましてのう」

モンスターが現れた！　モンスターを倒して追い払って！　助けて！

……という嘆願らしい。

「村一番の俊足を走らせましたですじゃ」

「じゃあ、もう報せは既に……!?」

「いや、その村一番の俊足は、同時に村一番の方向音痴でもありましてのう」

ダメじゃないですか。

「つい何日か前も、『道間違えたー』と言って一回村に戻ってきましてのう。本当にしょうのないヤツですじゃ」

それで一ヶ月かかっても救援を呼べなかったと？

村の存亡がかかった重大事に何してておるんです？

「でも、今回はそれが怪我《けが》の功名に働いたわけですね？」

足の速い方向音痴がモタモタしているうちに、誤解が解けたのだから、すべて丸く収まったわけだ。

「それがついさっき、『やっと領主様に到達できたー』と帰って来ましてな」

「アイツ!!」

「領主様は五日以内に兵をまとめて駆けつけてくれるそうなのですじゃ。本当に領主様は、ワシらのような小村にまで慈悲をかけてくれる、ホンマによい領主様なのですじゃあ～～～～!!」

領主様ってそんないい人なんですか？　パターンによっては悪代官的なのもあるかと思ったんだが……！

でも今回はそれが裏目に出てますよね!?

どうしよう？　長老さんの話を総合すると、最長でも五日後には領主率いる兵隊が、ここに来るわけだよね？

しかも戦意アリアリで。

「一から経緯を説明すれば、向こうも了解してくださるのでは？」

オークボは気楽そうに言うが、それは甘いと思う。

……こんな堅固な城が、既に完成寸前にまで整っていては。

城とは本質的に軍事施設。

戦争のために使う建物だ。

壁や門など堅固な施設に立てこもって、守りながら効率的に敵を殺すために築かれるもの、それが城。

施政に携わる者ほど、そうした意識を強く持っているはずだ。

たとえば領主とか。

その領主が戦うつもりで訪れてきたのに『敵意はないです、城は単なる趣味で建てたんですす』という説明ですんなり引き下がってくれるだろうか？

それを単純に信じちゃうような人は、諸葛孔明《しよかつこうめい》なんかに翻弄されちゃうんではないか。

「では、どうしたら……!?」

「まさか本気で迎え撃つわけにもいかないしなあ……！」

一番平和的な解決方法は、建設した城を破却して、俺たちが立ち去ってしまうことだろう。

しかしオークボたちが趣味全開で楽しく建てた城。

そんな無惨な終わらせ方は可哀相《かわいそう》だ。

城を守りつつ、迫りくる領主を納得させて、村の平和も守る。

そんなすべての要件を満たした妙案が……！

「……仕方ないな」

閃《ひらめ》いた。

「すべてを丸く収める唯一の冴《さ》えた方法を決行するぞ。オークボ、お前たちの城に一部手を加えるが、了承してくれよ」

「我が君!!」

「ここからの指揮は俺がとる！　皆キビキビ働けよ！　期限は五日までしかないんだからな‼」

＊　＊　＊

そして五日後。

約束通りきっかり五日後に、領主が兵隊を率いてやってきた。

想像以上の軍勢で、何百人といる。

これで、人より強いオークを囲み殺す目論見《もくろみ》なのか？

しかしそんなことはさせない。

迎撃の準備は我にあり！

「ではオークボ、開戦の口上を頼む……！」

「本当に私の仕切でよろしいので？」

オークボは心配げに聞き返してきたが、彼らはあくまでオークを倒すために出兵してきた。

オークが出迎えなければ意味がないだろう。

「そ、そういうことなら行ってまいります……！」

山道の関係者用安全路を下りていくオークボを俺は、城の頂上から見送った。

「しかし……、この選択で本当によかったのでしょうか？」

別のオークが心配気に尋ねた。

「交渉で引き下がらせることができないなら、いっそ戦ってしまおうとは、あまりに乱暴では……!?」

「大丈夫。タイマンはったらダチぜよ、と言うだろう?」

「言いません」

戦いこそがセックスを超える至上のコミュニケーションだ、とも言う。

言葉だけでは伝わらない、我々の無害の気持ちをあえて戦いで伝えるのだ!

互いにすべての力を出し尽くしてぶつかり合ったあと、俺たちはわかりあえると悟れるはずだ。

そのために俺はオークボたちの城を徹底的に改良し、防衛施設を改造した。

攻め手にかすり傷一つ負わせることなく撃退できるように。

それはつまり、迎撃態勢のアトラクション化。

この城をアトラクションの塊と化したのだ。

そのアトラクションで、言葉だけでなく行動で、俺たちに害意はないと彼らに知らしめる。

領主軍の面前に出たオークボが、口上を述べる。

「よくやってきた人の軍隊よ……!　私はオークボ、この城の主オークボ……!」

悪役の演技が堂に入ってるなあ。

「腕に覚えのある者は、我が城に挑戦するがいい。見事天守にまで到達し、攻略達成できれば至高の褒美を与えよう。今ここに開戦を宣言する。攻城戦だ。お前たちが城を攻め、我々が城に籠もって防ぐ戦いだ!!」

その戦いの名は、俺が前いた世界の知識を元ネタに決めてあった。

……風雲オークボ城。

良心領主

私の名はダルキッシュ。

人間国を構成する領地の一つワルキア辺境領を預かる領主である。

引退した父の後継となって一、二年そこらの若輩領主ではあるが。

しかし、私が領主の仕事に慣れる暇もなく母体となる人間国が滅び去った。

数百年来の仇敵《きゅうてき》、魔王軍によって。

魔王軍の侵攻はあまりに電撃的だったため、我ら領主たちも即応できずみすみす王都を占領されてしまった。

各地の領主にも徹底抗戦するか降伏かの二択が迫られた。

私は降伏の道を選んだ。

王が囚《とら》われ、人間国がもはや再起不能と決まった今、徒《いたずら》に戦いを引き延ばしても民を苦しめるだけではないか。

領民には一切危害を加えない。

それのみを条件に私は正式に魔王軍への服従を決めた。

無論私自身は、降伏を受け入れることで処刑されることもやむなしと覚悟していたが、意外にも何の沙汰も受けなかった。

獄に繋《つな》がれるどころか、領主の職務すら以前と変わりなく続行することを許された。

寛大すぎて戸惑うほどの処置。

魔王軍はこれで侵略者としての度量を示し、反抗側の意気を益々《ますます》削《そ》ぎ落とすことに成功。

ここまで情を掛けられては、私も反抗的でい続けることはできない。

魔王軍の支配と、領民の安定を両立できる領地運営を心掛けねば、となった。

私と同じ選択を取った領主が意外と大勢いて、むしろ人間国にいる領主のほとんどがその道を取った。

これまた意外なことに思われがちだが、旧人間国の領主層は、王族や教団と比べて驚くほどに有能揃《ぞろ》い。

だってボンクラの王族、腐敗しきった教団と並んで領主まで無能だったら人間国潰れちゃうんだもん!!

ということで我ら領主は必死になって働き、国を民を支えてきた。

私自身幼少から立派な領主になるためと厳しい教育を受け、知識教養は無論のこと武力も人並み以上に仕込まれた。

その甲斐《かい》あって人魔戦争の最前線に赴いても醜態晒《さら》さず戦うこともできたし、晴れて領主となった今も、租税やらの小難しい仕事を何とか滞らせずに済んでいる。

というか、人間国が滅んで魔王軍の支配になってから、とりあえず国家単位での戦争に駆り出されなくなったし、税も軽減されて領民へ厳しく取り立てせずによくなった。

ぶっちゃけ人間国が健在だった頃より、領地経営が楽。

こんなことならもっと早く滅べばよかったのに人間国。

負担が軽くなった分余暇もできて『そろそろ結婚して孫の顔を見せろ』と引退した父からせっつかれるぐらい。

と個人的な煩わしさまで気にするほど余裕ができた、その時だった。

弛緩《しかん》した心を突き刺す緊急事態が起きたのは。

＊　＊　＊

「モンスターが現れた？」

執事からの報告を受け、書類仕事を中断する。

「どの程度の規模だ？　種類は？　冒険者ギルドに委託できそうな類の案件か？」

「オーク、しかも最低三十体はいるとのこと……。とても単身の冒険者では対処不可能な規模でございます……！」

想像以上の深刻さに爪を噛《か》む。

オークが三十体も……！

そこまでの規模の群れは、野良にあるまじき大きさだ。

ダンジョンから溢《あふ》れ出たモンスターは野良となって彷徨《さまよ》い、人や村を襲うが……！

「村の者が報《しら》せに参りました。何でも旦那様へお伝えせんと、一ヶ月走り通しだったとか」

一ヶ月!?

そんなに走り続けていたなんて、一体どんな辺境から来たんだ!?

いや、それよりも、よく頑張って走ったものだ。あとで褒美をやらねばな。

「とにかくその規模のモンスターは冒険者の手に余る。兵を集めろ」

「軍を出すおつもりで……!?」

「オーク一体につき五人の見積もりで行く。最低三十体というなら百五十……、二百人揃《そろ》えろ。輜《し》重《ちょう》はお前に任せる」

「旦那様みずから率いられるおつもりで？」

「領民の危機だ。領主の私が動かずにどうする？」

村人が報せに来たということは、近くに村があるということだろう。

領民に危機が迫っているというのに、のほほんとしていられるか。

「民を気にかけるそのお気持ちは立派ですが……」

背後から掛けられる声。

女の声だ。

「監察官としては口出しせずにはいられませんね」

「ヴァーリーナ殿」

現れた若い女性は、人族よりも色の濃い褐色の肌。

それは魔族の証《あかし》。

魔王軍が人族領主の下へ送りつけてきた見張り役だった。

魔族監察官は、我々領主の動向を逐一監視し、魔王軍に対して反乱を企てていないか、領主の立場を利用して私腹を肥やしていないか、と細かくチェックしているのだ。

仕方がないこととはいえ、鬱陶しくて仕方がない。

「アナタ方は今、我ら魔王軍の占領下にあります。兵を動かすのには慎重となった方がよいかと……？」

「モンスター討伐を口実に、反乱の兵を挙げるとでも？　バカバカしい、そんな老婆心を告げるために監察官というのはいるのか？」

「アナタたちは些《さ》細《さい》な心配事も考慮に入れるべきです。もはや終結した人魔の戦争、どちらが勝者でどちらが敗者か、常にお忘れなきよう」

なんて嫌味な物言いだ。

魔族の女とは皆こうなのか!?

だとしたらこんな女どもを嫁に貰《もら》わねばならん魔族の男どもに心底同情する！

「それでも、我が領地内にモンスターが現れたのは事実。それを解決する裁量も許されないというなら領主に留《とど》まる意味もない。さっさとこの首切り落としてもらおう」

「誰も出兵するなとは申していません。旧王都にある占領軍本部に一報し、許可を得てから……！」

「それでは遅い！　のんびり待っている間に我が領民がモンスターに襲われたらどうする!!」

事後承諾でかまわんさ。

滅亡前の人間王族や教団からも散々理不尽な要求を受けてきた我ら領主だが、領民の不幸になることは悉《ことごと》く突っぱねてきた。

その程度の気骨なしに人間国の領主が務まるか！

「それに監察官殿、貴公何のためにここにいる。こうした緊急時に、我ら領主と魔族占領軍との関係を円滑にすることこそ貴公の役割ではないのか？」

「……」

「こんな時までわざわざ中央と直接交渉しなければならないのなら、ここに人を置く意味などないではないか？」

「口の達者な方ですね。……いいでしょう、緊急事態であることはたしかですし、私個人の判断で挙兵を認めましょう。中央へは私が話を通しておきます」

「フン、最初からそう言っておけばいいのだ」

「ただし、私も同行させていただきます」

何だと？

「私の判断で許可するからこそ、もっとも近くから私の目で監視することが必要となります。よろしいですね？」

「やめておけ。戦場は婦女子が耐えきれるほどぬるくはないぞ？」

「私とて魔王軍に所属する魔族軍人。実戦経験は一度ならずあります」

まあ、そうだろうなあとは思っていたが。

最初の口出しからここまで譲歩を引き出せたのだ。こちらからも折れねばならんか。

「……フン。だとしたら、もしかしたら同じ戦場で戦ったことがあるかもしれんな。敵味方として」

「そうかもしれませんね。もし直接当たっていたらアナタの命はなかったでしょう」

本当に嫌味な女だな！

もういい、それよりも領民を救うために出撃するぞ!!

＊　＊　＊

そして着いた。

たった五日で。

報せに来た村人は一ヶ月も掛けて走り通してきたという情報は何だったのか。

割と近くではないか。

「あの丘の上にオークたちは陣取っているとのこと！」

斥候に出た兵士が、次々情報を持ち帰ってくる。

「大変です！　オークたちは城を築いていています！」

「城!?」

「そのせいで、城壁に隠されて敵の状態も把握できません。自然の要害を活《い》かした巧妙な造りで、単身潜入することも困難かと……！」

私は傍らにいる魔族の女性に尋ねた。

「ヴァーリーナ殿。魔族はオークやゴブリンなどの人型モンスターを使役できたな？」

ヤツらについては私より彼女の方が詳しいはずだ。

「オークに城を築くことなどできるのか？」

「魔族がオークに与えられる命令は、単純なものだけです。敵陣に突っ込んで目の前の者をひたすら殺しまくれとか。建築も、荷運び程度なら可能でしょうが、緻密な計算が必要となる組み立てや土台作りなどとても……!?」

では、どういうことだ？

オークを使って城を築かせた何者かがいる？

オーク自身が城を築くほどに知性を進化させた？

どちらも考えにくいが……、一体？

「領主様！　正面を!!」

兵士が騒ぎ出した。

注意の示された方角を向くと、そこに明らかな異常が存在していた。

オークだ。

しかもただのオークではない。遠目から見てなお強者《つわもの》のオーラを全身から噴き出している。

人間国が誇る勇者でも、ここまでの覇気をまとう者はいなかった。

何なのだこのオークは!?

風雲オークボ城・開幕

「私はオークボ、この城の主オークボ……！」

我が軍の正面に現れた、覇者然としたオークが言った。

厳かに。

いやあれはオークなのか？

オークでいいのか？

オークなのに煌《きらび》やかな全身鎧《よろい》をまとい、身震いするほど恐ろしげな巨馬に跨《また》がっている。

右手には巨大な戦斧《せんぷ》。

あれを振り下ろせばドラゴンの首すら容易《たやす》く斬り落とせそうだ。

戦闘開始を前にして綺麗《きれい》な隊列を築いていた我が領兵も、オークが発する気迫に圧倒され鳥肌を立てている。

今戦いになれば、当方あのオーク一体に全滅させられるのではないか。

こちらを存分に怯《おび》えさせてから、オークは言う。

「わかっているぞ。お前たちは、私を倒すためにやってきた兵だな？　私に挑戦すると言うのだな？　いいだろう」

何がいいと言うのか？

「この城は、お前たちのような挑戦者を待ち受けるために建てたものだ。この私と戦いたければ登ってくるがいい。城もそれを望んでいる。多くの挑戦者が群がり、踏み込むのを」

覇気に溢《あふ》れた希少なるオークは、小高い丘と一体になった城を背に言った。

「腕に覚えのある者は、我が城に挑戦するがいい。見事天守にまで到達し、攻略達成できれば至高の褒美を与えよう。今ここに開戦を宣言する。攻城戦だ。お前たちが城を攻め、我々が城に籠もって防ぐ戦いだ」

「何をぬけぬけと……」

そこまで言うとオークは、一瞬にして私たちの眼前から消え去った。

「あれは転移魔法!?」

隣でヴァーリーナが目を剝《む》いた。

「魔族の魔法ですか？」

「ええ……、ごく一部の上位魔導師しか使えない魔法です。間違ってもオークなんかが使える魔法じゃない……！」

それもまた理外ということか……。

「全軍前進！　目前の城を制圧する！」

「待ってください領主様！　まさか攻めるというのですか!?　あの城を!?」

監察官ヴァーリーナが、私の腕を摑《つか》む。

「危険です！　あのオークはあまりに規格外です！　ここは一旦引き、もっと準備を整えるべきです！」

「準備を整える？」

「応援を求めるのです！　他の領地から募ってもいいし、魔族の占領軍も兵を割いてくれるでしょう！　危険を冒すべきでは……！」

「それは違う」

彼女の手を振り払い、兵たちへの命令を示すための指揮棒を振り上げる。

「私は領主だ。そしてここは私の領地だ。ここで起きたあらゆる問題に私は責任を負う」

私の領内で得体の知れない何者かが暗躍し、何事かを成そうとするなら、私はそれを突き止めなければならない。

我が領地に住む領民たちを守ることこそが領主の使命なのだから！

「あのオークの狙いを探り取るために、あえて城を攻める。私にできることはそれしかない！　改めて命じる！　全軍前進！」

私と志を同じくする兵士たちにも、迷いはない。

「ヴァーリーナ殿、アナタは部外者だ。無理に危険に付き合うことはない。残るがいい」

「私の使命は、アナタの監視です。それを怠ることは魔王軍への忠誠に反します」

フン、律儀なことだ。

「それに相手は魔術魔法を使いました。魔族の使う魔法を。あの城に仕掛けられる罠《わな》にもそれが利用されているとしたら、私の知恵や経験が役に立つかもしれません」

「好きにするがいい」

我々は毅然《きぜん》と兵を進めた。

これより我ら人族とオークの、プライドを懸けた攻城戦が始まる……！

＊　＊　＊

「全軍停止!!」

兵を止めたのは、これ以上進むのが不可能だったからだ。

堀が横たわっていた。

兵の侵入を防ぐために掘られた溝のことで、城の防護施設としては極々オーソドックスなもの。

「第一関門と言ったところだな」

「しかし奇妙ですね？　橋が渡してあります」

ヴァーリーナの指摘通り、堀には向こう岸を繋《つな》ぐ、橋のようなものがあった。

あくまで『橋のようなもの』であって橋ではない。

どういうことかというと、細いのだ。

精々片足が乗る程度の幅しかない。両足並べるのはとても無理。

そんな細い、もはや棒状と言っていいものが、堀のあちら側とこちら側を繋げている。

「……どういう意図だろう？」

「わけがわかりませんね。侵入者を防ぐのが目的の堀なのに、その堀を容易に渡る手段を設置しているなんて……」

言うほど容易とも思えんぞ？

あんな細い橋、余程の平衡感覚がなければ渡り切れんだろう。

途中でバランスを崩して堀の底へ真っ逆さま、ということも充分あり得そうだ。

「他に通れそうな場所もありませんし、あれを渡っていくしか……!?」

「そうだな、充分に注意して進もう……！」

とりあえず兵士が一人、細橋の上に乗って進む。

両腕をピンと左右に広げ、素晴らしいバランス感覚で先を進む。

「おお……！　あれなら余裕で渡り切るんじゃないか……!?」

幸先《さいさき》がいい。

思ったほどでもない。ヌルそうじゃないか城攻略。

そう思った瞬間だった、この城の悪魔の翼が開くのは。

「領主様！　見てください！」

「ん!?」

「堀の向こう側から何か現れました!?」

何故《なぜ》気づかなかったのか？　今まで隠してあったのか？

堀の向こう側に出てきた何か。

その複雑な構造をもった、木製の工作物は……。

「と、投石器……!?」

まさかあれでこちら側を攻撃する気か!?

いや違う。機器の向きからして、狙っているのは明らかに……。

今まさに、橋を渡っている真っ最中の兵士!?

バゴンッ！

見事命中した!?

「うわあああああ────ッ!?」

投石器が放ったのは石ではなく、布製の何か柔らかいものであることが遠目でもわかる。

しかしそれでも、細い足場の上で不安定に立つ者を吹っ飛ばすには充分な威力で、兵士はあえなく橋から墜落!?

「ぶ、無事かあああッ!?」

落ちた兵士の安否を確認するために堀の底を覗《のぞ》きこむ。

兵士は、そこに到達した途端光となって消えた。

「ええッ!?　どういうことだ!?　まさか……!?」

「慌てないで、アレも転移魔法です」

ヴァーリーナが助言する。

「恐らく堀の底一面に魔法のトラップが仕掛けられています。触れたら自動的に転移魔法でどこかに飛ばされるよう。どこへ送られるかわかりませんが……！」

「つまり落ちれば敗北、脱落というわけだな……!?」

何と言う悪魔的な罠!?

「そういうことだ人間たち」

「な、何者だ!?」

気づくと堀の向こう岸にゴブリンが立っているではないか!?

ヤツもまたただのゴブリンではない。ビンビン覇気が伝わってくる!?

「我が名はゴブ吉、この第一関門『イライラ平均台』を預かる責任者」

「いらいらへいきんだい!?」

なんだそのイラッと来るネーミングは!?

「趣旨はもう理解しただろう？　我らゴブリン兵が操作するカタパルトが放つのは、麻布袋にたっぷりと綿を詰め込んだクッション弾」

よくわからないが当たっても死んだり怪我《けが》したりしないってことか!?

「クッション弾を避けながら平均台を駆け抜け、こちらまで到達できればクリアだ！　それが第一関門『イライラ平均台』!!」

「落ちた兵士はどうした!?」

「安心しろ、別の区域で無事でいる。もちろん自由に動き回れぬよう拘束させてもらっているが……！」

く……ッ！

今は向こうの言い分を信じるしかないか。

「我が同胞オークボが築きし風雲オークボ城には、このような関門がいくつも用意されている。それらすべてをクリアし、天守閣にいるオークボの下までたどり着けるかな？」

「おのれ……!?　我々をおちょくっているのか!?」

「当然、全関門を制覇すれば捕らえた兵士はすべて解放しよう。しかし、お前たち程度ではこの第一関門すら突破できそうにないな」

「なにいッ!?」

「なのでハンデを与えよう」

ゴブリンがパチンと指を鳴らす。

それに呼応して堀の向こう岸から何本もの細橋……、いや平均台が伸びてくる!?

そして、こちらの岸と向こう岸を繋げた!?

「平均台を一本から十本に増やしたぞ。これで一斉に渡れば、一機しかない投石器では当然すべてを狙いきれない。成功率が上がるかもな」

「おのれ我々を舐《な》めおって……！」

そういうことならば退《ひ》くわけにはいかない。

利点を最大限に活《い》かすのみ！

「全軍突撃！　十本の平均台を最大限活用し、投石器の狙撃を掻《か》い潜《くぐ》れ！」

「待ってください領主様！　あからさまな挑発です！　もしや罠かも……!?」

「煩《うるさ》いぞヴァーリーナ殿！　落ちるのが怖いならアナタはここに残るがいい！」

「そうは言ってないでしょう!!　それなら女魔族の軽やかな身のこなしを見せてあげますよ!!」

こうして我ら領主軍は一丸となって平均台に挑み……。

半壊した。

最初に言っておくべきだったが、この私、旧人間国の地方領主ダルキッシュが率いる領地守備軍は、出動時には二百五十人の兵数で編成された。

最初に私が求めた数より五十人も多く付けてくれたのだ。

我が執事の有能さと、みずからの土地を守らんとする兵士たちの情熱が伝わってくる。

……で。

その二百五十人が第一関門通過後に……。

八十人。

「三分の一以下になってる……!?」

「だから言ったんですよ!! 平均台が増えたからって急いで渡りすぎなんです! 雪崩《なだ》れ込むようだったじゃないですか!?」

同様になんとか第一関門を乗り越えた魔族監察官ヴァーリーナがなじるように言ってくる。

「おかげでバランスを崩した兵士たちが何人も巻き添えになって落ちていくわ! 後ろがつかえて動けないところをクッション弾当てられるわ散々じゃないですか!」

「いやでも向こうもズルくないか? 後半になって急に投石機を増やしてきてさ……!」

新たに三機も現れた時は、さすがに血の気が引いたぞ。

向こう岸に着いたというのにあのゴブリンもいつの間にかいなくなっていて……。

「とにかく残った者で進むしかない。脱落した兵士たちを救い出すためにも……！」

「そうですね、でももっと冷静に考えながら進む方がいいと思います」

「ああ？」

平均台に翻弄され続けたせいか、お互い心が疲弊していた。

こうしてやっとの思いで堀を渡り、本格的に城内に入ったわけで我々はさらに緊張が上がる。

細心の注意をもって、敵の懐奥深くへと進む。

ご丁寧に看板で順路が示してあった。

もっとも城壁やら地形で順路以外にはどこにも進めなさそうだったが。

そして順路通りに進むと……。

「城門か……!?」

普通城門は、緊急時に敵の侵入をシャットアウトするためにあるものだ。

当然敵軍である我らに対しては固く閉ざされるべきものだったが……。

ギギギギギギギギ……。

「簡単に開いた……!?」

そして開いた城門の向こうには……。

美しい女性がいた。

「よくぞやってきた！　私は第二関門の担当者！　エルフのエルロン！」

エルフ!?

魔族と同じ褐色の肌だけど、違うの？

ああ、耳が長い。

「ゴブ吉の第一関門を突破した程度でいい気になるなよ？　私の仕切る第二関門は、さらにハードな出来となっているのだからな」

「もっと密林系な罠《わな》も張りたかったんですけどねー？」

「ガチすぎて却下されちゃいましたよね」

なんか他にもエルフが数人ひょこひょこ出てくる……？

「まあいい、第二関門はこれ！　名付けて『遺跡の罠的なアレ』！」

「なんだその名前は!?」

エルフたちが横にどくことによって視界が開け、全容がハッキリ確認できるようになった。

坂だ！

城門の向こうは、傾斜がきつくて長い坂道になっていた！

城の土台となっている丘の山道を利用したものだろう。

しかし何故《なぜ》だか嫌な予感がする凄《すご》く。

「では試練スタート」

エルフが魔法で何かしらを作動させると、坂の頂上から何かが現れた。

その何かとは……。

「岩？」

大きな岩。

成人男性である私が見上げなければならないぐらい大きな岩だ。

しかも球状。

球状なので、坂道に置くと当然のように転がってくる。

ゴロゴロ、ゴロゴロと……！

坂の下にいる私たち目掛けて……！

「ぎゃああああああッ!?」

危ないぶつかる!?　と思ったが、坂道をそのように調整してあるのか、岩は我々のいる城門前で向きを変え、横に逸《そ》れていずこかへと通り過ぎていった……。

しかも岩の玉は一つではなく、次々途切れなくゴロゴロと……!?

「岩玉は、転移魔法で循環するようにできているから、永遠に転がり続けるぞー」

「この岩を避けつつ、坂の上のゴール地点にたどり着けば第二関門クリアだ！　健闘を祈る！」

そう言ってエルフたちは転移魔法でどこぞかに去っていった。

転移魔法濫用しすぎだろう!!

「なるほど……、趣旨はわかった……!」

「坂道の両サイドは、壁や崖で挟まれ逃げられなくしてますね。岩玉も途中でコースアウトしないようになっている……!」

ヴァーリーナが真面目そうに分析するが、逡巡《しゅんじゅん》など必要ない。

この城のノリは第一関門で摑《つか》んだ!

「行け我が兵士たち! あの青い天に輝く一朶《いちだ》の白い雲だけを見詰めて坂を上っていくのだ!!」

「「「おおおおお――――ッ!!」」」

打てば響く我が忠勇なる兵士たち!

「あ、ダメです! また勢いに任せて集団で飛び込んだら……!」

ヴァーリーナが止めようとしたが、その時には二十人からの兵士が岩玉飛び交う坂へと駆け出して行った。

そして……。

二十人全員玉砕した。

「アホですか! この細長い坂道に集団で流れ込んだら、互いが邪魔になって身動きできず岩に轢《ひ》かれまくるに決まっているでしょう!!」

忠勇なる兵士二十人が一気に消えた……!

「岩玉に触れた生命体は、反応して強制転移魔法がかかるようになってるからケガしてないよー」

「第一関門脱落者と同様別室で拘束中です」

エルフたちが脱落兵士の安否を解説してくれる。

「なんで第一関門と同じ間違いを繰り返すんですか!? アホですか!? アホなんですか!? 人族は種族的な特徴としてアホなんですか!?」

この魔族女……! 言いたい放題……!?

しかし言っていることは正しいので反論もできない……!

「くっ! 兵士たちよ一人ずつ順番に坂を駆け上がれ! 前の者を見ながら、岩玉の軌道を慎重に予測していくのだ!!」

一人ずつ、一人ずつ坂を上っていく。

それでも容赦なく転がってくる岩玉は、対処を間違えた兵士を押し潰し、強制転移魔法でどこぞへと送ってく。

「ヴァーリーナ殿、私の後ろを付いてくるのだ……!」

「気遣い無用です。この程度の山道、魔王軍で鍛えた足腰なら……!」

私とヴァーリーナも、最後尾となって坂を上っていく。

幸いにも、慎重に切り替えてから五十人以上の兵士が無事坂を踏破できた。

あとは私と彼女だけ……。

「きゃあッ!?」

「どうした!?」

振り向くと、後方から続いていたヴァーリーナが坂道に足を取られて転んでいた!?

バカな、そんなに大きなおっぱいをしているから安定感が悪いんだ！　とは口に出して言えない！

「大丈夫か!?　私の肩に摑まれ！」

「何故助けに来るんです！　アナタも巻き込まれて脱落しますよ!?」

実際、岩玉はゴロゴロと私たちの目の前まで迫っていた。

回避しなければ必ず当たる。

しかしヴァーリーナは転んですぐには動けない。

今すぐにできること。

私はヴァーリーナの体を抱えて……。

跳躍！

「跳んだあああぁぁ――――――――――ッッ!?」

坂の上で見守る兵士たちの歓声。

見事華麗に岩玉を跳躍回避すると、私はそのままヴァーリーナを抱きかかえて残りを一気に駆け上る。

ゴール！

「これにて第二関門は終了。五十二名が通過かー」

エルフどもがちょっぴり残念そうな声で、姿を消した。

「領主様！　凄いです領主様！」

「人一人抱えてあんなにジャンプするなんて！」

兵士たちが口々に褒めそやしてくるのも悪い気分じゃなかった。

おっと……。

抱えていたヴァーリーナを下ろさねば。

「すまないな、緊急のことでやむなく……！」

「いいえ、戦場であれば咄嗟《とっさ》に肌が触れ合うことぐらいいくらでもありますので……！」

なんだか頬が赤いように見えるのは気のせいだろうか？

魔族は肌が濃くてわかりづらい。

「あ……、ありがとうございました……！」

こうして素直なところを見せると可愛《かわい》いんだがな。

……ん？

魔族の女相手に何を考えているんだ私は!?

＊　＊　＊

気を取り直してさらに進む。

第三関門には人魚がいた。

「この『アビスの魔女』ゾス・サイラが受け持つ第三関門へよく参った」

……。

人魚が、空中を泳いでいる。

「驚いたであろう？　空気の性質を水に近いものに変える新作魔法薬じゃ。わらわのオリジナルじゃぞ？　これでわざわざ陸人《おかびと》化せずとも陸地で自由に活動できる……」

と下半身魚のまま空中をすいすい泳ぐ。

「オークボが主催のこの遊戯。わらわが活躍せずしてなんとする。わらわが受け持つ関門では、こやつらと戯れてもらうぞ？」

人魚は、取り出したガラス管から何かしら色付きの液体をこぼす。液体は地面に落ち、泡立ち、その泡はどんどん肥大化して、最終的にはおどろおどろしい名状しがたい生き物へと変わった!?

「ヴァーリーナ殿！　何だあれは!?　あれもモンスターなのか!?」

「ひいいいいッ!?　知りません!?　さすがに私も人魚の魔法まで詳しくない!?」

その不可解な生き物の発生の仕方に、我ら攻め手側は総勢身震いした。

「この戯れのために調整した遊戯用ディープ・ワンじゃ。棘《とげ》も持っておらぬゆえケガなどせぬ安心せい。この試練の内容は、コイツらから逃げつつ、出口まで到達することじゃ」

人魚の背後、遥《はる》か向こうにゴールっぽい境界線がある。

あそこまで行けばいいのだな。

「ふはははは！　ダルキッシュ様直属の領地守備兵に、腕っぷしで挑もうなど笑止千万！」

当然兵士の一人がいきり立った。

「これまでの細々しい競技で鬱憤が溜《た》まっていたのだ！　この不気味なだけの小人片っ端から叩《たた》き潰してくれる！」

兵士が剣を振るうと、人魚がけしかけてきた不気味な小人は簡単に引き裂かれ、二つ三つと身を分けていく。

おお！

割と簡単に倒せる!?

これなら、この関門を乗り越えていくのは割と簡単そう！

「おお、言い忘れていたわ」

人魚が、気だるそうに言う。

「その遊戯用ディープ・ワン。棘も牙もない代わりに面白い機能をつけたのじゃ」

「え？」

兵士の剣によって斬り裂かれた怪物が、すぐさま再生して元通りになった。

正確には元通りではなかった。

たとえば二つに引き裂かれたものが、引き裂かれた斬片それぞれ再生して、最終的に二体に分裂して元通りになった。

「斬れば斬るほど、叩けば叩くほど数が増えるのじゃ。無闇に攻撃を加えるとフィールド中ディープ・ワンだらけになって身動きが取れなくなるぞよ」

もっと早く言いなさいよ。

既に剣を振るっていた兵士が取り囲まれて、手も足も出なくなっている!?

「ぎゃあああァッッ!?　取り囲むな!?　押すな!?　え？　何処《どこ》へ動かそうとしてるの!?」

兵士はなすすべなく怪物たちに押していかれ、フィールドの隅に。

そこには、人一人容易に放り込めそうな穴が掘ってあった。

その穴の中へ……。

兵士は、何体かの怪物諸共《もろとも》になって突き落とされていった。

「ひゃあああ――――――ッ!?」

「もちろん穴に落ちたら失格じゃ。精々無駄な抵抗をしてわらわとオークボを楽しませるがよいぞ」

私こと領主ダルキッシュの戦いはまだ続く。

結局のところ、第三関門を乗り越えるのに十人を失ってしまった。

あの人魚が創造した奇怪なバケモノは、攻撃すればするだけ分裂して増える特性のせいで、まともなぶつかり合いでは対処不能。

上手《うま》くかわして逃げるしかないわけだが、ヤツらは音に反応して追跡してくる特性らしく、バタバタ足音を立てて駆け抜けようとすると即座に捕まって穴に押し込まれてしまう。

そのことに気づくまでに払った犠牲が十人。

私たちは、またも関門突破のために犠牲を払ってしまった。

そしてここからはダイジェストでお伝えしていこう。

＊　＊　＊

第四関門は、ヴァーリーナと同じ魔族の女性が番人をしていた。

試練の名は『頭も使おう！　ベレナの人間立体パズル』。

これがクッソややこしくて難しく、一気に三十名が脱落。

ヴァーリーナが知恵を絞ってくれなかったら全滅していただろう。

そのヴァーリーナが、番人の女魔族を見て……。

「なんか知人に滅茶《めちゃ》苦茶《くちゃ》似てる気がするんですけど、気のせいでしょうか？」

「気のせいでしょう」

先を急ぐので軽く流しておいた。

第五関門は、背中から翼の生えた奇妙な美女による『納豆試食会』。

ネバネバが絡みついて腐った豆を出されて「食え」と言われた時には、ただの罰ゲームかと思ったが、意を決して食べてみると美味《うま》い。

ただし僅かに二名が『どうしても無理！』と言ってリタイヤ。

食わず嫌いはよくないなあと思った。

あと……。

「番人の翼人間と一緒にいる高貴そうな女性……。あれは我が国の王女レタスレート様では？」

「気のせいでしょう」

軽く流された。

さらなる第六関門では、本当に死ぬかと思った。

ドラゴンが待ち受けていたからだ。

『ガッハッハッハ、よくぞここまでたどり着いたな下等生物ども！　次の試練はおれだ！　おれを倒して次へと進んでみるがいい‼』

「こらー！　ヴィール‼」

皆が立ったまま気絶しかけているところへ、さらに別の女性が現れてドラゴンを叱った。

「アンタが出てくると無理ゲーすぎるから却下って決まったでしょうが‼　大人しく戻りなさい！」

『えー？　他のヤツらばっかり無双しててつまらんぞー？』

「いいから！」

ドラゴンは自分から消え去って、我々は関門クリア。

それでもドラゴンと直接相対しただけで三名が泡噴いて失神。脱落を余儀なくされた。

第七関門は、扉が二つあって、そのどちらか一方に飛び込む。

間違った扉に入ると泥だらけになるというアレだった。

どっちの扉が正解かはノーヒント。

「ここまで来て運頼みだとッ⁉」

＊　＊　＊

そしてついに、我々攻め手側の人員は、私とヴァーリーナの二人だけとなってしまった。

「しかし、ついにたどり着いたぞ天守閣……！」

つまり最終関門だ。

今目の前にある扉、その向こうにあの最強オークがいる。

入れば戦いとなるだろう。

だが、城前で対峙《たいじ》したあのオークの覇気。あの時いた兵士全員でかかっても倒せまいと確信させる凄味《すごみ》があった。

あれと同じ相手に、今や二人だけとなった私たちで勝てるのだろうか？

まともな勝負ができるかすら……。

「大丈夫です……」

ん？

手が締め付けられる感触がしたので何事かと思ったら、ヴァーリーナが私の手を握っていたのだ。

「アナタならきっと勝って、この領地を守り通すことができます。だってアナタは領主なのですから……！」

「ヴァーリーナ殿……？」

「私は、やはり今までアナタたちを侮っていたのかもしれない。違う種族だからわかりあえないのだと。だから私情を廃して、監察官に徹して……」

「それは私の方とて同じだ」

ましてや我ら人族は敗者の側。

意固地になる気持ちは彼女よりあったのかもしれない。

「でも、ここまでの困難が蟠《わだかま》りを払ってくれました。一丸になって立ち向かい、自分の土地を守ろうとする心に、種族の違いなどありません」

「アナタもまた仲間の一人だ」

握られた手を握り返す。

「ここから我々は一つ、困難がある時も安らかなる時も、我らは一つだ!!」

「死が二人を分かつまで一緒です」

強く鍛えられた絆《きずな》をたしかめ合って、我ら二人は扉を開ける。

その向こうにいる、強きオークに挑むため……。

＊　＊　＊

「天守閣到達おめでとう!」

バスーン!　バスーン!　と大きな音が襲ってきたので大層驚いた。

それだけで心臓止まるかと思った。

「我が君、このクラッカーというの、音が大きすぎませんか？」

「うーん、急ごしらえだから火薬の量を間違えたかな？」

最終地点には、例のオークだけでなく第一関門で出てきたゴブリン、さらにエルフと人魚、女魔族に翼の生えた女性に、あのレタスレート王女によく似ている気がする令嬢と、勢揃《せいぞろ》いしていた。

なんだ!?

まさかオークだけでなく、この全員で袋叩《ふくろだた》きにしようというのか!?

「よくぞ天守閣まで到達することができました！　アナタは風雲オークボ城を制覇することができました！　コングラッチュレーション!!」

「コングラッチュレーション!!」

「コングラッチュレーション!!」

え？

「ここまでたどり着けた方には一人一人賞品を用意しております！　まずは女性の方！」

「はい!?」

呼ばれてヴァーリーナがビビる。

「アナタにはウチのバティが縫いました金剛絹製のドレスを進呈！　百年着られるオーソドックスデザインですぞ！」

「今や金剛絹は、魔都市場でご禁制になったからレアものよ。まだ仮縫い段階なんで、あとで試着してサイズ計らせてね」

よく見たら、これまでの試練で現れなかった人員も複数いる。

「バティによく似た何者かまでいる!?」

「よう、かつて同僚。占領先で男漁《あさ》るなんて斬新な婚活ね」

ヴァーリーナが、混乱の極みにある今、その混乱は私にも容赦なく襲ってきた。

「男性の方には、こちら！　俺手製のマナメタルの盾をお贈りいたします!!」

「マナメタル!?」

「世の中戦争は終わったというんで、剣とか直接攻撃するものより盾がいいと思って。実際装備して戦うもよし！　居間に飾ってもよし！」

何なんだ!?　この展開は!?

まさかこの最終地点に達した段階でオールクリア!?　さらにクリア記念の賞品まで貰《もら》える!?

「えー？　どうだったでしょうか？　この城の出来栄えは？」

何やら、この場を仕切っているような雰囲気の男が、やけに媚《こ》びた表情で尋ねてきた。

顔形といい肌の色といい、人族か？

「ちゃんと楽しめましたか？　こちらとしてはそのつもりで建てたものなんですが……!?」

「楽しむ!?」

＊　＊　＊

男からの説明を聞いて納得がいった。

この城は、どこかを攻めたり、この地に蟠踞《ばんきよ》するのが目的で建てたものではなく。純粋に楽しみのために建てたという。

作った者が楽しめるなら、訪れる者もまた楽しめる造りにしたい。

そういう製作意図があったのか。

なるほどたしかに言われてみれば、ここまで登ってくるのにぶち当たった関門は困難であったが、それだけに白熱して興奮できた。

また挑戦したいと思えた。

それらを実際に体感したあとだからこそ、彼らの『楽しむために作った』という主張をすんなり受け入れることができる。

言葉だけの説明では警戒して、とても受け入れられなかっただろう。

そこまで考えて我々を挑発し、招き入れたということか。

なんと遠謀なることよ。

……ただ。

それでもなお言わなければいけないことが一つある。

「ヒトの領地で勝手にアトラクションを作るな」

「仰《おつしや》る通りです」

男性とオークは揃《そろ》って私に土下座してきた。

はー、風雲オークボ城、無事終了。

俺です。

戦いを終えた領主さんと、その奥さんと一緒に城を降りる。

え？　奥さんじゃない？

まあそれはいいとして。

移動先は、麓にある村。

思えばここが騒動の始まりだった。

村は、脱落した兵士さんたちの強制転移先になっていて、そこでは参加賞の豚汁が振る舞われていた。

「うんめえええええええッッ!?」

「何だこのスープ!?　コクがあって味が深い！　中の具もゴロゴロとボリューム凄《すご》い！」

「あ！　領主様ー！　全員無事ですよ!!　ブタジルなるもの超美味《うま》いですよー！」

「え？　トンジル!?」

レクレーションで体を動かしたあとは豚汁を食するものと相場が決まっているからな。

最近開発したばかりの鰹節《かつおぶし》が早速大活躍して、豚汁に上品で深いコクをもたらしてやがるぜ。

「うわー、思ったより皆元気そうー……」

「私たちの本気の奮闘は何だったのか……」

領主さんたちが煤《すす》けておられた。

二百人以上からなる兵士たちがいきなり押しかけて、辺境の小村は一気にお祭り騒ぎ。

村人たちも豚汁をすすって、満面の表情だった。

「我が領地が一部なりとも賑《にぎ》やかなのはいいことだ」

はい、領主様。

「しかし、それでは有耶無耶《うやむや》にできない問題がある」

はい、……領主様。

俺とオークボは並んで、彼の前に正座した。

「我が領内に無断で築城したことは、看過しがたい軍事行為であり、危険だ。城とは戦争のために建てるもの、その事実はゆるぎない」

「はい……」

「私一人が納得したとしても、周囲がどのような反応をするか未知数だ。特に今、旧人間国が魔国の占領下にある今、反乱ととられるような動きは慎まねばならん」

軍備増強とか『お前戦争する気だろう?』って言われても仕方ないですよね。

城を築くなんてそのものな行為。

「……で、ではウチのオークボたちが建てた城は……!?」

「心苦しいが、解体、ということで」

「待ってえええええッッ!!」

俺とオークボの二人で、領主様に縋《すが》りつく。

「それだけは！　それだけは待ってください！　ウチのオークたちがいっしょーけんめー拵《こしら》えた城なんですうううううッッ!!」

「そうは言われても……！　別に意地悪で言っているわけではなくだな！　私は、領地の内外を気にして、領地の不利益を避けたいと……」

「ならば」

そこへ女魔族のヴァーリーナさんが現れる。

可憐《かれん》なドレス姿だった。

「賞品のドレスもう着てんの……!?」

「サイズ調整の仮縫いの途中だったんですが……！」

若い男性の領主さん、彼女のドレス姿に完全に目を奪われていた。

「利益に変えればいいのです。この城の存在を、私たちの領地にとって」

「はい？」

「今回私たちが体験したことを、今度は旧人間国全土……、いえ、魔国にまで範囲を広げて行えばいいのです!!」

どういうことだってばよ?

「領主ダルキッシュ様を主催とし、私たちの領土に空前絶後のアトラクション施設が出来上がったと喧伝《けんでん》するのです。そして世界中から挑戦者を募集するのです!」

「あー、なるほど、そうすれば世界中にオークボ城が危険な施設ではないと知らしめられる!」

また話が盛大な方向へ逸《そ》れていっている気がするけど。

「ヴァーリーナ殿……! そんな勝手に進められても……! 第一、今の旧人間国での施政は何をするにも占領府の許可を……!?」

「許可ぐらい私がとってみせます! これは、私たちの領が豊かになるチャンスなのです!」

あの……!

さっきからあの魔族のお姉さんが度々口走ってる『私たちの領』というフレーズから、むせ返るほどの家庭の香りが……!

「世界中から集まってくる挑戦者から参加費を徴収すれば、それだけで財政は大幅黒字! さらに領が有名になっていけば、高名な学者や武芸者が身を寄せてくれやすくなる!」

「あの……! はい……!!」

「私たちの領の発展のために、逃してはならないチャンスなんです!! 私とアナタの未来のために!!」

「はいッ!!」

領主のお兄さんが、完全に魔族のお姉さんの人生設計に組み込まれていた。

「そちらの方……」

「はいッ!?」

俺のことですね。

「よきように取り計らってくれますよね？　嫌と言うなら即、あの城は取り壊させていただきます」

「前向きに進めさせていただきます!!」

ヴァーリーナさん、交渉の仕方がストロングスタイル。

こうして俺たちは、再び風雲オークボ城を企画進行することになった。

今度は領主さんのお墨付きをもらって。

まあ、勝手にヒトの領地に城を築いたお詫《わ》びとしてもやった方がいいし、何より皆楽しいことは続行したい。

領主さんたちが大いに奮戦した第一回オークボ城の反省を踏まえ、よりきわどいゲームバランスで、挑戦者たちが高揚と絶望を目まぐるしく味わうことのできるアトラクションに改造して行こう！

領主さんサイドでも、許可を取ったり、挑戦者を集めるための宣伝、募集期間に三ヶ月はかかるということなので、その辺りを目途に。

企画会議も精力的に行われた。

「やっぱりさ、第一関門で落とし過ぎたんじゃない？」

「二百五十人から一気に八十人ですもんね。最初で落とし過ぎると後々見栄えが寂しくなります
し」

「どの段階で何人ずつ減らしていくか。ってことをコントロールしなきゃですね」

「各企画によって適正人数がありますから、それを踏まえて関門の順番を考え直した方がいいで
しょう」

「じゃあ、ついでにおれが道を阻む試練を復活させて……」

「「「「それはない」」」」

だからヴィールが出てくると無理ゲーになるからダメって言っただろ!!

＊　＊　＊

こうして、風雲オークボ城の開催準備やら新作料理の開発やらで瞬く間に時間が過ぎていく冬。

その冬のある日、俺を凄《すさ》まじいビックニュースが襲った。

ついに。

ついに。

ついに……。


プラティ懐妊!!


間違いなく俺の子だ!!

海母神アンフィトルテから伝授されたラマーズ法を駆使し、与えられた祝福を最大限引き出して、ついに異世界人の子種ですら宿してしまったのだ!

さすがプラティ!

「いやー、アタシもついに母親かー。アタシなんかに務まるかなー?」

プラティはお腹《なか》が大きくなる前から、まんざらでもない表情だった。

「大丈夫だろう? お前何やかんや言って、ちゃんとここ仕切ってるし、自分の子どもぐらい躾《しつ》けきれるだろう?」

「ご懐妊中の母子共々、わたくしが全力でお守りさせていただきます」

アロワナ王子の旅に同行中のパッファがたまたま帰還していた。

ランプアイも喜悦。

やはり同族からの祝福が一番熱烈だ。

プラティの妊娠は、海母神アンフィトルテ直々に受胎告知してきたのでお墨付き。

「いやー、これでなんとか一息つけた。面目を保てたわねー」

何を言っているのか。

今まさに妊娠出産までの長いスタートラインに立ったところだろう？

それに面目を保つってどういうこと？

「だって、最近人魚どもが立て続けにカップル成立してるでしょう？　ヤツらだってお盛んだから、いつ懐妊してもおかしくない状態……！」

俺の目線が横を向いた。

パッファとランプアイが露骨に口笛吹いていた。

「ここの人魚の中で一番最初に結婚したのはアタシ！　なのに子作りで先を越されたら面目丸潰れじゃない!!」

「「「それが子ども欲しがってた本当の理由なの!?」」」

俺だけでなく、ランプアイやパッファも大いに驚く。

しかし、生み出す側の思惑など何の関係もなしに、生まれる側はただひたすら誕生までの期間を突き進み続ける。

慶事の対応・陸遊記その六

Let's buy the land and cultivate in different world

「プラティが妊娠した!?」

オークのハッカイです。

アロワナ王子の修行のため地上行脚の我が一行。

本日は、パッファ様から特別重大な報《しら》せを受けて皆で驚き合っております。

「ついにやったか妹よ！　でかした！　でかしたぞ!!」

膝を叩《たた》いてアロワナ王子が興奮するのも無理からぬこと。

ご懐妊したプラティ様は、アロワナ王子の実妹なのですから。

親族の祝い事は素直に、心から喜ぶ御方《おかた》なのです。

ましてプラティ様の夫に当たる聖者様は、アロワナ王子の義弟に当たるだけでなく無二の親友。

我がことのようにお喜びです。

「プラティのヤツがそこまで赤ちゃんに拘《こだわ》った理由もアホ臭いけどね。まったく、アホ臭すぎて呆《あき》れるしかないよ」

「どんな理由なのだ？」

「それは……、アホ臭すぎて言う気にもならないんだよ！」

パッファ様が、赤面しつつそっぽを向きました。

そこで居合わせた全員が様々察しました。

パッファ様は、アロワナ王子同様人魚族で、しかも『凍寒の魔女』などとあだ名される高位の魔法薬師。

その力で、旅する王子と農場の間を瞬間移動で行き来して、王子の旅の助けと農場の仕事を両立してこなしているという強者《つわもの》です。

何故《なぜ》そんなややこしいことをしているのかと言うと……。

「ねーねー、姐《ねえ》さーん」

天使のソンゴクフォンが、能天気に尋ねます。

「姐さんとアロワナのアニキは赤ちゃん作らねーんすかー?」

「ふがんぐッ!?」

そういうことです。

しかしソンゴクフォンは空気も読まずひたすら前進していく破壊天使。

「ばばばばば、バカヤロウ！　軽はずみなことを言うんじゃないよ！　アタイがそんな王子と……、結納！　挙式！　ハネムーン！　築かれる家庭！　妊娠！　出産！　妊娠！　出産！　妊娠！　出産！　妊娠！　出産！　妊娠！　出産……ッ!?」

パッファ様、妊娠出産繰り返し過ぎです何人生むおつもりなんですか?

「そうだぞソンゴクちゃん。人間関係はデリケートなのだ、人生の節目となる重大行事を軽々しく語ってはならない」

対してアロワナ王子は冷静でした。

「たしかにパッファのような才女が、王妃の座についてくれたら人魚国は安泰で、これほど喜ばしいことはない。しかしな、婚姻で一番重要なのは当人の気持ちなのだ。それを聞かずに勝手に話を進めることなどしてはならん」

「じゃあ聞けよ」

じゃあ聞けよ。

私もソンゴクフォンの肉声に重ねて心の中で叫んでしまいました。

「…………ッ!」

特定の場合のみヘタレになるパッファ様をこれ以上見ていてもいたたまれないので、このハッカイめが助け舟を出すことにしましょう。

「まあ、プラティ様のご懐妊はめでたいということで、どうでしょう? 一度農場に戻ってみませんか?」

「うぬ?」

唐突な提案だったのか、皆さんキョトンとしておられます。

「どうせ、農場との行き来は転移魔法で簡単にできるのですし、アロワナ王子が兄として、じかに祝福の言葉をプラティ様にかけてあげてはいかがです？」

「そうだよねえ！　ソンゴクちゃんも実際この前農場に行ってきたし、一日ちょっと顔見せに行くぐらいいいいんじゃない!?」

パッファ様も意外に乗ってきました。

幸せなカップルを間近に見ることで、自分たちも同じように……、という流れができるのを狙っているのでしょうか回りくどい。

「アードヘッグ様はどう思われます？」

「ん？」

ここで私たちの新しい旅の仲間を紹介しましょう。

グリンツドラゴンのアードヘッグ様です。

ドラゴンです。

こないだ旅の途中で唐突に襲われて死闘を演じました。

ちょうどパッファ様がソンゴクフォンを農場に連れて行ったタイミングで、私とアロワナ王子だけで対応して正直死ぬかと思いました。

アードヘッグ様は、竜の王ガイザードラゴンから、後継者になるための試練を与えられていて、それをクリアするために世界中を飛び回っていたそうなのです。

その試練とは……。

『英雄にあるまじき王』もしくは『王にあるまじき英雄』。

……のどちらかを連れてこいとのこと。

なんだその謎かけみたいなお題は？　と首を傾《かし》げます。

アードヘッグ様は、我らのアロワナ王子こそ出題にある『英雄にあるまじき王』か『王にあるまじき英雄』のどちらかではないか？　と期待したのだそうです。

一度戦ってみてアロワナ王子への期待を一層高めたアードヘッグ様は、完全な見極めをつけるため我らの旅に同行してきたということなのでした。

現在はヴィール様のように人間形態となって皆と一緒にゴハンを食べております。

「……おれから言うことは何もない。英雄もしくは王たるアロワナ殿の行動を見守るのみだ」

そうですか。

「そして行動を逐一吟味し、英雄であるか王であるかを見極めるのみだ」

そうですか。

めんどくさい人が仲間になったなあ。

いや人じゃなくて竜か。

「またのーじょーに乗り込むっすかぁー？」

「ソンゴクちゃんも、またお仲間のホルコスフォンに会いたいよねー？」

「おぁー、今度こそ完全破壊して決着つけたるっすょー!!」

なんでそんなに怨恨に満ち溢《あふ》れているんですか？

まあ私もできるなら久々にオークの仲間たちに会って近況を報告しあいたい。

どうですかアロワナ王子？

「……ダメだ」

ダメでした。

なんで？

「この旅の趣旨を忘れてはいかん。私は、この身を次代の人魚王として鍛え上げるために旅をしている。修行の旅なのだ。修行を一時中断するなどできるはずもない」

真面目だなあ。

「プラティへの懐妊の祝辞は、パッファから充分に伝えておいてくれ。ヘンドラーに伝えて本国への一報、及び祝い品の手配も滞りないように」

「わ、わかったけどいいの？　少しぐらい融通を利かせても……!?」

「いかぬ。人魚王へ至るための修行は、生半可なものではいかんのだ。自分を極限まで追い込み、今まで見えなかった細かなものまで見抜けるようになってこそ、強く優しい王になることができるのだ」

なんと真面目なコメントでしょう。

それを凝視するドラゴンのアードヘッグ様、何やら彼の脳内からドラムロールみたいな音が流れてきて……。

「王ポイント、＋２！」

これからずっとそのポイント計算やってくつもりなんですか？

面倒くさそうだなあ。

「と言うわけだからパッファよ。プラティへの祝辞はお前の方から重ねて述べておいてくれ」

「わかったよ。いちいち念押さなくたっていいからさ」

「妹に直接祝いを述べるのも、聖者殿に再び相対するのも、修行を終えて人魚王としての資質を養い終えてからだ」

「はいはい」

「パッファへのプロポーズも、修行を完了させてからとなろう」

「はいはい。……えッ!?」

パッファ様の表情が一瞬にして劇的に変わりました。

というか今も変わり続けています。

ハトが豆鉄砲食らった顔というか、恋する乙女の顔というか、そういう顔が交互に入れ替わって目がチカチカします。

「だ、だんなさま？　今何と……!?」

「さあ、そろそろ寝るとしよう。明日もたくさん歩かないといけないからな」

「ちょっと待って！　今なんつったのかっつってんのよ!?　プロポーズ!?　プロポーズと言いましたか!?　誰が!?　誰に!?　ねえもう一回言って!?」

「くどいぞパッファ。すべては修行の旅が終わってからだと言っただろう。一つの事柄を終えなければ、次を始めることなどできないのだ」

「だったら今すぐ旅を終わらせええええッ！　話を！　話の続きをおおおッッ!!」

アロワナ王子って、鈍感なのか朴念仁なのか、凄《すさ》まじいちゃぶ台返しの手腕をお持ちだなあ。

空気を読まないことについてはソンゴクフォンが随一と思っていたが、さらに遥《はる》か上を行っていた。

「…………」

その様子を見て旅の新メンバー、アードヘッグ様は……。

「英雄ポイント、＋３!!」

そのポイント付け、ずっと続けていくんですか？

面倒そうだなあ。

悪徳領主・陸遊記その七

ワシは悪徳領主だ！　ガッハッハ！

自分で自分を悪徳呼ばわりするのはおかしい？　たわけ！　ヘタに善人ぶって何の得があるんじゃ!?

気取ったって誰かが褒めてお金くれるわけでもあるまい！　ならば悪人に徹して、弱者どもから搾り取った方が得よ！

どうせ魔国がどうなっても、明君の魔王様がしっかり支えてくれるからな！　魔都から離れた田舎領でやりたい放題してくれるわ！

そら税金だ！　豊作時の七割の量をよこせ！　凶作の時だって関係ないぞ同じ量だ！

さらに細かく税を取るぞ！　家を持ってるヤツは課税、家畜を持ってるヤツも課税！　商売をしてるヤツも当然課税だし、何か物を買っても課税だ！

結婚しても課税！　子どもが生まれても課税！　死んで葬式を挙げても課税！　相続税は百％!!

さらに水車の使用料も課すぞ！　小麦を挽《ひ》いて粉にする時は必ず領主直営の水車を使うのだ！

自分の家で、石臼で挽くのは一切禁止だ！　領内のすべての家から石臼を奪って壊してしまえ!!

あと関所を作るぞ!!　通行料を取ってやるのだ！

何？　南の街道にはもう関所がある？　だったら関所を出たところにもう一個関所を作ればいいであろう!!

ガハハハハ!!

これでワシの懐には金銀がザクザク流れ込んでくるわ！

すべての富はワシのもの！　ワシだけがこの世界で笑っていればいいんじゃ!!

＊　＊　＊

こうしてワシが貯《た》め込んだ銭を数え直していると、何やら客が現れた。

何やら旅人のようであった。

男二人に女二人。魔族には見えんが従者にオークなど連れておった。

ソイツらはワシに向かって言いおった。

「この領の税率は、他に比べて過剰すぎる。もっと税を軽減してほしい」

と。

このワシに意見するなど身の程知らずが。

見せしめに首を斬り落としてやろうかと思ったが、その前に遊んでやるのもよかろう。

そうだな。

庭に出ろ。

あそこに大きな石があろう。あれが庭の景観を崩してムカつくんじゃが、大きいわ重いわでどかすこともできん。

あれを壊すか、我が屋敷の外に移すかしたら税を軽減してやろう。

それができなければ、お前たちの持ち物すべて巻き上げて領外に叩《たた》き出してくれるわ。

ケッケッケ。

「ハッカイ」

「御意」

おう？

お供のオークを使うのか？

まあいい、オークの腕っぷしが人類を超えるとしても、それでどうにかなる大石ならとっくに壊すか移すかしておるわ。

……ん？

なんだ斧《おの》を使うのか？

まあ何を使おうとどうにもならんから好きにし……。

「はーいや」

ザザンッ!?

何いッ!?

石が!?　大石が真っ二つに!?　さらに砕けて粉々に!?

「では、破片になった石を運び出しましょうかアードヘッグ殿」

「よかろう、貴様の資質を計るために手伝ってやる」

細かく砕かれた石はすぐさま運び出されて、影も形もなくなってしまった。

いや、いやいやいやいやいや……!

今のはズルい。

だろう？　だってモンスターなんか使うし。

賭けなら正々堂々自分の腕っぷしで勝負したらどうだ？

……そうだな。

特別にもう一回勝負しようではないか。

我が領地の外れの山に、モンスターが住みついておる。現れてから、もう一年になるがそれを退治して来い。

あ？

それこそ領主の仕事ではないかって？

アホが、そんな一銭の得にもならんことを何故《なぜ》ワシがせねばならん。兵士を動かすにも金が要るんじゃ。

放置しても精々近隣の村人が食い殺される程度の被害。

可哀相《かわいそう》と言うならお前らで退治してくれればいいわ。

ただし期限は一日な！

現地に到達するまでで時間切れになるだろうがな！　ケッケッケ！

「……ソンゴクちゃん」

「あいさー」

え？

そっちの女子、何で飛ぶの？　魔法？　飛び去っていった!?

そしてすぐ帰ってきた!?

「ご依頼のぉー、魔物はぁー、コイツっすかぁーッ？」

ぎゃあああああッ!?

胸を射抜かれて息絶えているモンスターがあああああッ!?

「お疑いなら、使いをやって確認してみるがいい。こちらは何日でも待ってやるぞ」

よよよ、よかろう、次だ！

次の勝負に勝てば、税を軽減してやってもかまわんぞ!?

向こうの村にな、療養所がある。

流行《はや》り病《やまい》に罹《かか》った者を集めて治療しておるのだ。

ちゃんとした医者もおらんし薬もないから、回復する者は少ないらしいがの。

「この療養所は、アナタが建てたのか？」

はぁ？

なんでワシが、そんな得にもならんことをせんといかん？

村の有志とやらが勝手に建ておったんじゃ。

『そんなことをする余裕があるなら領主のワシにもっと税を払わんか』と、運営の条件に重税を課してやったがの！

「…………はぁ」

なんじゃ深いため息をついて？

「パッファ」

「任せときな」

今度はそっちの女か!?

バカが、腕っぷしには自信があるようじゃが、病気相手には剣や拳ではどうにも……。

「収容患者は……、二十人弱。手持ちの魔法薬で充分足りるね」

え？

「病原体を殺すための薬で体を回復させるものじゃないから、飲んだあともじっとして体力を戻すんだよ。できれば栄養のあるものをたっぷり食べた方がいいんだけど……」

え？　何!?

病人どもがみるみる顔色がよくなって……！　咳《せき》もしなくなって……！

「そういえば、この療養所でどんな勝負をするか聞いていなかったが、病人なら全員治したし、病人がいなくなれば療養所も自然となくなろう。問題は解決したぞ」

こ、この……!?

この一団のリーダーらしき男……、さっきから偉そうな目でワシを見下ろしおって……！

何様じゃ!?

領主であるワシに対して何様のつもりじゃ!?

「約束してくれないか？　税率を、せめて常識的な範囲にまで落としてくれると。それが人を治める者の務めのはずだ」

偉そうに言うなあああああッ！

そうだ！　次の勝負だ！

今度こそ最後の勝負だ!!

ようし、今度はドラゴンを連れてこい！　殺さずに生け捕りにしたまま！

それができたら税を軽減してやってもいいわ！

ガハハハハハハハ!!

「救いようがない……！」

「アードヘッグ殿？」

なんだ？

旅人のもう一人の方の男が進み出て……!?

え？

男の姿が変わっていく……？

見上げるほど大きくなって、爪や牙や翼が生えて、全身鱗《うろこ》に覆われて……!?

＊　＊　＊

「ぎゃああああああああああああッッ!?」

はい、オークのハッカイです。

今回は、悪徳領主がいる魔国の辺境領に来ております。

無体な統治をやめさせたく交渉を続けてきましたが、度重なる身勝手についにキレました。

真っ先にキレたのは、やはりというかドラゴンの誇りを持つアードヘッグ様。

ドラゴンの真の姿をさらして、悪徳領主を見下ろします。

『どうだ？　貴様の要求通りドラゴンがここにいるぞ？　次はどうする？　不死の王でも連れてくるか？』

「どひいいいいいいいいいいいいいいッッ!?」

悪徳領主は圧倒され、次の無理難題を思いつくどころではありません。

「アードヘッグ殿、少し抑えて。村の者まで怯《おび》えていますぞ」

『このカスは王でも英雄でもない。こんな者を我が視界に置いておくのは不快だ。あらかじめアロワナ殿に言い含められていなかったらとっくに消し炭にしていたものを』

アードヘッグ様は言うだけ言って人間の姿に戻りました。

いかにも『脅し足りない』と言った表情でした。

腰が抜けて動けない悪徳領主へ、アロワナ王子が告げます。

「旅の途中、アナタの領地に入ってあまりの関所の多さに辟易《へきえき》した。しかしさらに驚いたのは、領内の貧しさだ」

これが魔国なのかと疑うほどでした。

「それでも私たちを出迎えた村人は、自分たちの今日食べる分の食糧まで切り崩して私たちをもてなしてくれた。その心に打たれ、彼らの生活を少しでも楽にしたいと直談判《じかだんぱん》に来た。しかし……」

「なな、なんだ……!?」

「もうまともな話し合いでは埒《らち》が明かんな。ハッカイ」

はい。

私はアロワナ王子の前に進み出ると、分厚い羊皮紙を広げて悪徳領主に見せつけました。

そこに書かれているのは……。

「そ、それは我が魔国発行の通行手形!?　しかも魔王ゼダン様の直筆入り!?　一体貴様は……!?」

「無礼なるぞ下賤者《げせん》。この御方《おかた》こそ人魚国の第一王子、アロワナ様にあらせられる！」

その宣言に、悪徳領主は目を剝《む》きました。

「このような名前の使い方はしたくなかったが……」

アロワナ王子が直々に続けます。

「無論、余所者《よそ》である私に、魔国の政道に口出しする権利はない。しかし魔族はプライドの高い種族だ。お前のような種族の恥を他国の要人に見られて、そのままにしておけるかな？」

「ただいまー、行ってきたよ」

いつの間にか姿を消していたパッファ様が、転移魔法で戻ってきました。

「パッファ、ゼダン殿には会えたか？」

「ああ、割とスムーズに。すぐさまこっちに憲兵を派遣してくれるってさ」

魔王の名が出て、悪徳領主の目蓋が、眼球が零《こぼ》れ落ちそうなぐらい見開かれました。

「魔国の悪党にどの程度の罰が下るかは、魔国の頭《かしら》が決めることさ。領主罷免、財産没収……。追放？　投獄？　死刑？　魔王さんの決然さが試される場面だね」

その日、魔国から為政者に相応《ふさわ》しくない為政者が一人消えました。

「考えさせられる出来事だった……」

＊　＊　＊

「人間国では、王族がボンクラな分領主がしっかりしてるというからね。魔国ではその逆ってわけだ」

「ゼダン殿が明君であることはたしかだが、人一人の目が届く範囲は限られている。偉才一人がしっかり支えている分、周囲が弛緩《しかん》してしまうとは」

「全部の魔国領主がそうってわけじゃないだろうけど。アンタが自分の国を治める時には注意しないとだね」

「私とお前とで、だな」

「だから唐突に思わせぶりなこと言うのやめてくんない!?」

アロワナ王子の修行の旅はまだまだ続きます。

風雲オークボ春の陣

— Let's buy the land and cultivate in different world —


春が来た。

耐える季節の終わり、そしてこれから萌《も》えいで殖えゆく季節。

プラティのお腹《なか》に我が子を持つ俺は一際そう思えずにはいられないのだった。

そしてさらに、生命の息吹を体感せんがごときイベントが幕を開けた。

風雲オークボ城。

一般挑戦者を公募しての初の開戦である。

名付けて……。

風雲オークボ城・春の陣……!!

* * *

「……うわー」

久々にオークボ城のある土地を訪れて、俺は唸《うな》った。

たくさん人がいるのである。

超いる。

大地を埋め尽くさんばかりの勢いで凄《すご》くいる……！

「これ全部、オークボ城に挑戦するために集まった人なの!?」

「そうです、総勢三千名が集まりました」

三千!?

予想を遥《はる》かに超える数!?

「三ヶ月かけての宣伝が功を奏しました。旧人間国どころか国境をまたいで魔族まで参加しています。彼らから徴収した参加料だけで、我が領の年収を大きく上回りますよ……！」

そう言うのは、女魔族のヴァーリーナさん。

戦争で人族が魔族に負けたので、占領下にある人間国の領地に監視役として送り込まれてきたらしい彼女だが……。

彼女の方が領地を富ませることに積極的な気がする。領主本人より。

「領主夫人となったからには、夫と共に領をどこまでも繁栄させることが私の務め！　その手始めとして、このイベントは必ず大成功させてみせます！」

ふーん……。

なったんだ。

領主夫人になったんだいつの間に!?

「そういうわけで、肝心のアトラクションをお願いいたします。アナタ方の働きに、領の未来が懸かっていますんで」

「それはオークボに丸投げしてるけど大丈夫でしょう、彼なら……」

ともかく大盛況であった。

オークボ城前には競技参加者に加えて、競技を観戦することだけが目的の観客も詰め掛けていた、それが挑戦者とほぼ同数。

観客からは参加料を取れないが、急きょ食べ物や飲み物を販売することによって彼らをもてなすと共に、利潤を得る。

それらの対応に当たったのは、麓の村の村人さんたちだ。

臨時収入、村おこし、と彼らも大喜び。

村人たちだけでは手が足りないので、領内各地から集まってきた応援人員で益々《ますます》大賑《おおにぎ》わい。

要するに、大盛況ということだった。

「えーあー、それでは開会の儀を執り行いたいと思います」

このイベントの主催に収まるオークボが、前に出る。

「この催しは、私が建てたこの城を踏破し、天守閣にいる私と対決することが目的です。用意されたいくつもの難関を突破し、我が下へ何人たどり着けるだろうかな?」

だんだん挑発的な口調になってきた。

「我が城へ挑戦する勇気はあるか!?」

「「「「おおーッ!!」」」」

「必ず私の下へたどり着くか!?」

「「「「おおーッ!!」」」」

「賞品が欲しいかッ!?」

「「「「おおおおお――――――ッッ!!」」」」

「ニューヨークへ行きたいか!?」

「「「「おお?」」」」

最後のは事前に俺がオークボに含めておいたネタだが大いにスベッた。

やはりニューヨークが地名であることすらも知らない異世界では通じないか。

「……で、では次に、本大会の開催に尽力してくださった領主夫妻のお言葉も賜りたいと思う」

微妙になった空気からそそくさと逃げ出すように、オークボは領主ダルキッシュさんにバトンタッチ。

その隣にヴァーリーナさんも並んで立っていた。

領主夫妻と紹介を受けたけどホントに結婚したのコイツら!?

「ただ今紹介に預かった、当領の主ダルキッシュである」

「その妻ヴァーリーナです」

マジで結婚していやがった!!

「そもそもここ、オークボ城は我が領内に建設された。我が領にこうして新たな名所が誕生したことはめでたいことである。皆がこうして我が領に訪れてくれる機会となり、我が領に親しむきっかけとなってくれれば私も領主として大変喜ばしい。オークボ城を築城し、こうした催しを提供してくれたオークボ殿には感謝の念に堪えず、またそれに呼応して集まってくれた多くの方々にも一人一人感謝の言葉を…………!」

「アナタ、その辺で切り上げて」

「うむ」

偉い人特有の長い話を遮られた。

「堅苦しい話はこれぐらいにして、本題に入りましょう」

領主当人より遥かに抜け目がなさそうな、今や領主夫人のヴァーリーナさんが言う。

「このオークボ城を制覇した挑戦者の方々には、賞品が贈られます。それは募集要項に記載してあった通りです」

その言葉に、会場の空気が俄《にわ》かにザワつき始めた。

「皆さんの闘志を燃え上がらせるためにも、ここで賞品の一部をご紹介いたしましょう」

ヴァーリーナさんが手ぶりすると、ウチのゴブリンたちが数人それぞれ何か運んでくる。

「賞品番号一番! 今魔都で絶賛大流行! ファームブランドの衣服（通常絹製）!!」

うおおおお————————ッ!!

と会場が沸き返った。

「魔都で購入すれば金貨数十枚はくだらないと言われている希少品が、オークボ城を制覇すれば手に入る!! さらに次の賞品！」

次のゴブリンが掲げるのは……、マエルガたちの作った革カバンか。

「この革製のカバン、素材はなんとハイドロレックス!!」

ざわざわざわざわ……ッ!?

会場がさらにざわめいた。

「冒険者を職業とする方の多い人族なら理解してくださるでしょう。ハイドロレックスは三ツ星以上の洞窟ダンジョンにしか現れない爬虫《はちゅうるい》類型モンスター。その皮は希少品!!」

先生のダンジョンで普通に棲息《せいそく》してるやつなんだがな……。

オークボたちも遭遇するたび『ハイドロレックス？ もういいよ』ってなっちゃうぐらい。

「さらに畳みかけて商品番号三番!! あの酒の神バッカス様が手ずから造り上げたという酒！ しかも新作!!」

おおおおおおおお————————ッ!

これまでで一番の盛り上がり。

やっぱり酒はどこでも人気だなあ。

っていうか賞品全部ウチの農場から持ち出したものじゃないか。

「オークボ城を制覇した勝者には、希望の賞品を一つだけ選んでお持ち帰りいただきます！　他にも賞品はたくさんありますんで死ぬ気で挑んでください!!」

そうか……。

オークボ城にこんなにまで挑戦者が雲集したのは、これが理由だったのか。

恐らくは宣伝とやらで、ご褒美をチラつかせたんだろうなあ。

ずっと農場にいるとよくわからないが、農場で生産している製品が、外ではとんでもない価値のあるものだと出入り商人のシャクスさんから伺っている。

「まあそれでも、流出して問題ないものだけに賞品は限定しましたから大丈夫だと思いますよ？」

俺の隣でベレナが言う。

「一つでも市場に出たらハザードが起こるようなヤバいものは一切ないと？」

「はい、聖者様もお嫌でしょう？　ウチから流出したものが原因で世界が滅ぶの」

世界滅亡まで行っちゃうの？

そんなにヤバいものが存在しているのウチって!?

「それでは、いよいよ始めさせていただきます！　風雲オークボ城・春の陣!!」

「「「「おおおおおおお――――――ッ!!」」」」

こうして始まった公開制オークボ城だが、第一関門は変わらず『イライラ平均台』だ。

堀のあっちとこっちを繋《つな》ぐ細い橋を、バランスを取りながら渡っていく競技。

前回、ここで挑戦者二百五十人を八十人にまで減らしめた凶悪さを反省し、多少のルール変更でバランス調整してみた。

堀には相変わらず十本の平均台が渡してあるが、その一本ずつに一人が渡り切るかもしくは落ちるまで、次の挑戦者はスタートできない。

これによって前回のような、混雑で自滅する者がいなくなるというわけだ。

妨害投石機は今回もアリ。

さあ、この第一関門を一体何人が突破できるかな!?

……と思っていたら、最初の挑戦者からとんでもない人が出てきた。

見上げるような巨漢の魔族……。

「魔王さん!?」

こうして始まりました。

公開制競技型アトラクション、風雲オークボ城・春の陣。

第一関門『イライラ平均台』に踏み入る最初の挑戦者は……！

「魔王さん!?」

見間違えようもない、畏怖発する巨体に魔族特有の褐色の肌。

魔王ゼダンさんではないか!?

魔族の頂点、魔国の支配者。そして魔国が人間国を平定した今、地上全土の支配者でもある魔王さん!?

「聖者殿、お静かに！……今日はお忍びで来ているのだ」

ああ、やっぱり？

でもどうやってこの催しの存在を？

「ウチの妻たちが噂《うわさ》を伝えてきてな。我も最近政務が続いていたゆえ、体を動かしたいと思っていたところなのだ」

なるほど。

人間国滅ぼして戦争がなくなりましたからね事実上。

「内政に専念できるようになってからの方が意外と忙しくて暇がなくて……！　今日のオフを捻出するにも相当な無理を……！」

支配者の憂鬱がここにあった。

「そういうことなら魔王さん。このオークボ城のアトラクションで日頃の運動不足を解消してください！」

「うむ！　観客席には妻と子たちもいるのだ！　必ず最終地点まで登り詰め、父親の威厳を示してみせる！」

魔王さん、新米パパとしてもやる気に燃えていらっしゃる。

そうですよねえ！　近々パパになる予定の俺もその気持ちはわかります！

第一関門ぐらい容易《たやす》くクリアして、パパの強さを見せつけてあげてください！

「いざ行かん！　ゴティアよ！　マリネよ！　父の雄姿を目に焼き付けるのだあああぁッ!!」

そして平均台に挑む魔王様。

さすがにバランス感覚は抜群で、片足が乗る程度の幅しかない平均台をスルスル進んでいく。

「ほっ、ほっ、ほっ、ほっ……！　なるほどこれは難しい。しかしこれしきで立ち止まるようでは魔王は務まらぬ……！」

あっ、魔王さん。

あまり下ばかり見ていると。

ガツン。

「うがああああ……!?」

魔王ゼダンさん。

妨害用のカタパルトクッション弾をモロに食らって墜落。

堀の底へと落ちていった。

「………」

魔王まさかの第一関門突破ならず。

過酷なイベントだなあ。

しかし、催しはなおも終わらない。

魔王さんが脱落してなお参加者は千人単位で残っているのだから。

「ぬおおおおおッ!!　次はワシじゃあああああ!!」

なんかやたらと元気のいいオッサンが平均台に挑む。

肌の色からして人族らしいけど、あの人は!?

「あれはセボンテルト殿!?」

俺の隣で領主のダルキッシュさんが叫ぶ。

「誰なのか知ってるんですか、あのオッサンを!?」

「隣の領の領主だ」

へえぇッ!?

「若造ダルキッシュの領ばかり注目が集まって妬ましい！　しかし我が領も、隣の大人気にあやかって我が領もおおおおお!!」

ダッシュと変わらない速度で平均台を渡り切って第一関門クリア。

クッション投石器で狙い撃つ暇も与えなかった。

「イベントに参加している冒険者の方よ！　終了後には我が領名物ダンジョン『鳴滝洞窟』にも是非お立ち寄りを!!」

機会に目敏《めざと》くご当地アピール!?

みずから体を張って自領の名所を宣伝していく領主!?

「人間国の領主は勤勉だなあ……」

そうして、挑戦者はどんどん平均台へ挑み、落ちたり落ちたり渡り切ったり落ちたり渡り切ったり落ちたり渡り切りそうで落ちたりしていく。

「では我々も行くか」

「そうですね」

俺とダルキッシュさんも屈伸運動で体をほぐし出す。

何故《なぜ》これまで俺たちが、参加者たちの動向をつぶさに実況できたのか不思議に思われるかもしれない。

その理由はもちろんある。

俺たち自身も参加者だからだ！

だから同じ参加者の動向はすぐ目の前のことなのだ！

俺だって祭りを前にしたら見るアホウではなく踊るアホウに回りたい！

今日は俺も挑戦者だ！

頂点に君臨するオークボの下までたどり着くぞ!!

「私も領主として存在感を示すため、今回も天守閣まで行き着いてみせる！　そして益々《ますます》我が領をアピールするのだ!!」

と領主ダルキッシュさん。

俺は競技の考案者の一人だし、ダルキッシュさんは経験者。

二人とも『イライラ平均台』の要点を抑えてすんなり渡り切った。

＊　＊　＊

これにて挑戦者第一陣三百名のうち百七十名が第一関門を突破。

挑戦者総勢三千名はとても一度に捌《さば》き切れないので、いくつかにグループ分けして順番に挑戦するシステムとなっている。

俺たち第一陣が第一関門を済ませたので、第二陣がスタート開始しているはずだ。

「前回と比較して大分残りましたなあ」

「難易度調整がうまく働いていますね。このまま関門ごとに、なだらかに人を減らしていきたい」

半分、その半分、そのまた半分、みたいなペースで最終的にゼロ人にしたい。

オークボのところまでたどり着けるのは数人程度でいい。

その数人の中に俺のようなサクラが交じっていればなおいい。

「フッフッフ……、ライバルがたくさん潰れてくれた方が得だぜ？」

うわあッ!?

ビックリした!?

第二関門へと望む間際に、すぐ隣に立っている参加者がいきなり語りだすのでビビる。

「あ、アナタは……!?」

「おや、聞かれちまったかい？　気にしないでくれ、オレも参加者の一人、冒険者のシャベだ」

冒険者？

これがあの有名な職業、冒険者……!?

実物は初めて見た。

「冒険者はダンジョンに潜って秘宝を探し当てたり、希少モンスターを倒したりと一攫千金《いっかくせんきん》狙いの職業だからな。このイベントとは親和性が高いのだろう」

領主ダルキッシュさんが解説してくれる。

「たしかに、参加者の中で一番割合の多いのが人族の冒険者だ。……でもな、オレは他の、そんじょそこらの冒険者とは一味違うぜ」

何やら意味ありげな自信だな？

「オレは気づいているのさ、この催しの裏に隠れているものを……！」

聞かれてもないのに語り出した？

「オレは以前からずっと探してるんだ。……聖者の農場ってヤツを」

「はいぃッ!?」

「今、冒険者の間でもっともホットな標的。この世のあらゆる宝を蔵しているという聖者の農場を探し当てようと皆躍起になっている……！」

滅茶苦茶《めちゃくちゃ》心当たりがあるんですけど……。

とは口が裂けても言えない。

「『催し？　そんなの参加してる暇があるかバカ！　それよりも聖者の農場探しだ』と言って参加しなかったヤツも多くいる。でもアイツらこそバカだぜ……！」

「な、何故？」

「このイベントにこそ、聖者の農場に至るヒントが隠されているからだ！」

冒険者らしい若者が、自信満々に言った。

「その理由は、このイベントに出ている商品の数々だ！　あれほど豪華な賞品を、しかもたくさん！　どこから持ってきた!?　この世のあらゆる秘宝が収まっているという聖者の農場からという確率が一番高くないか!?」

彼の言っていることはすべて推測の域を出ていないのだが……。

すんごく鋭い。

「だからオレは、最終地点にたどり着いてこう言うのさ。『賞品はいらない、代わりに聖者の農場に連れていけ』ってな！　それがオレの参加目的！　オレは必ずこのイベントを通して聖者の農場にたどり着く!!」

野心家な青年だった。

何やら面倒くさそうだったので、俺はハンドサインで第二関門担当のエルロンたちに指令し、集中攻撃させてこの若者を脱落させた。

こうして公開制、風雲オークボ城・春の陣は大盛況で進行していった。

参加者たちは死力を奮って難関に挑戦し、手に汗握る展開に観客も大興奮。

脱落者たちにはお疲れ様賞の豚汁が振る舞われて、和気藹々《わきあいあい》とした雰囲気のまま終了まで完走することができた。

最終的に天守閣までたどり着けたのは二十三人。

全参加者数三千人を考えれば、この二十三人は相当な猛者と言えるだろう。

ちなみに俺はその中に含まれていなかった。

あえなく第二関門で岩に潰されて脱落したからだ。

転がる大岩が何もないところで突如軌道を変えて、こっちに来るってズルくない？

ユーザーとしての苦情は置くとして。

領主のダルキッシュさんは、今回も見事天守閣まで到達して領主としての面目を保った。

天守閣到達者には、観客全員からの惜しみない拍手が送られてイベントは大成功。

……のうちに幕を下ろせるかと思った、その間際だった……。

＊　＊　＊

天守閣到達者への授賞式も終わり、あとは閉会宣言ばかりとなったところに、いきなり集団が雪崩《なだ》れ込んできた。

全身、小奇麗な鎧《よろい》を着こんだ、兵士の集団だ。

「な、何事だ!?」

領主のダルキッシュさんまで、この不測の事態に動揺するばかり。

つまりこの兵士たちは、ダルキッシュさん配下の領兵ではないということ？

兜《かぶと》の隙間より見える兵士の肌は、魔族であることを示す濃い褐色だった。

「魔族兵？　占領府か？」

「全員動くな。この場は我々が制圧した」

兵士たちの中の一人が言った。

顔つきがネズミによく似た、いかにも小狡《こずる》い人相だった。

「この集会は、我ら魔族への反抗準備の疑いがある。よって取り締まる」

「バカな!!」

領主夫人となったヴァーリーナさんが進み出る。

「この催しは、あくまでレクリエーションで、住民たちで遊び楽しむことを目的にしたものだと占領府に届け出たはずです。許可もたしかに得ました！」

「お偉い人たちに話を通しても、実際に取り締まるのはオレたち兵士だからなあ。不穏な集まりを放置して、あとで怒られたくないしな？」

屁理屈《へりくつ》めいたネズミ顔の言葉に、周囲の兵士もニヤニヤ同調するばかり。

全員グルということか。

今まで出会ってきた魔王軍の人々は、位が高く、品格を持った者たちばかりであったが、さすがに一人の例外もなく全員がそうというわけではない。

末端になればなるほど、指導者の目が行き届きにくくなって、不正なる者も交じってくる。

「この集会に関わるものはすべて没収する。徴収した参加料も、物販の売り上げも、賞品として用意された珍品もすべて。あの城もな」

……それが目的か。

違法集会と難癖をつけて、イベントで出た利益をすべて掻《か》っ攫《さら》っていこうと。

「いい加減にしろ……！　魔族兵士と言えど、貴様らは数十人程度の小勢。我が領地守備軍とまともにぶつかって勝負になると思うのか？」

「その時はお前ら全員反乱軍だぜえ？　何せ魔王軍の兵士に手を出すんだからなあ？」

小狡いヤツだ。

アイツ自身がどんなに薄汚い小悪党でも、敗北した人間国と勝利した魔国との力関係とは別問題。

占領中の人族は、どんな些細《ささい》なことでも反抗の素振りを見せることはできない。

「一月と経《た》たないうちに魔王軍本隊がやってきて、こんな小領瞬く間に更地よ。それが嫌ならオレたちに分け前をよこすんだなあ？　えぇ？」

「この魔族の恥さらし！」

今や領主夫人となったヴァーリーナさんも食って掛かる。

「占領府の魔族たちが今、必死に人族との融和を目指して働いているのに、お前のような小悪党がそれをブチ壊しにしようと言うの!?　それこそ魔国への、魔王様への反逆よ！」

「ハッ！　魔王が何だってんだよ！　あんな無能に従う方がバカなんだよ!!」

不良兵士、自分こそ首が刎《は》ねられそうなことを言う。

「こんな遠い僻地《へきち》によ！　魔王の目が届くわけがねえだろ！　占領府のお偉いバカどもだって、オレらのような下っ端までいちいち意識は回らねえ！　好きにやらないでどうするんだよ！」

この時点で俺は、周囲にいる農場の仲間に指示を出して、兵士を蹴散らすこともできた。

しかししなかった。

この場において、もっとも制裁の拳を振るうべき人が、既に動き出していたからだ。

「人族を虐げて何が悪いってんだよ？　そんな簡単なこともわからず真面目に働いてるヤツはバカだぜ！　魔王もバカだ！　だからオレらが美味《おい》しいところを貰《もら》ってやるんだよ！」

「魔王の目が届かぬか、魔王はバカか……!?」

背後から、不良兵士の頭がむんずと摑《つか》まれ、一八〇度回される。

首が捩《ね》じ切れてもかまわんと言うぐらいの勢いで。

「ぐえッ!? 誰だ、魔王軍の兵士に歯向かうのは!? 牢屋《ろうや》にぶち込むぞ……、えッ!?」

「拘束してみるか？ この魔王を？」

魔王ゼダンさん登場。

参加賞バッジ（第一関門までたどり着いたしるしの星一つ付き）を胸に着けていた。

「まッ、魔王様……ッ!? 何故《なぜ》こんなところに!?」

「貴様ごとき下級兵でも我の顔は見忘れなかったようだな。ならば我に逆らうことの恐ろしさも忘れなければよかったものを……！」

魔王さんから頭を鷲摑《わしづか》みにされた魔族兵士は、足の裏が地面から離れていた。

頭蓋骨がギシギシと軋《きし》む音が鳴る。

「魔都から遠く離れた旧人間国なら、我が目も届かぬと思ったか……！」

「魔王様……！ これは違います！ 誤解なのです……!!」

「貴様は罪を犯した！ この魔王に背いた！ 他に何がある!!」

魔王さん、魔族兵士の頭を鷲摑みにしたまま地面に叩《たた》きつける。

土の中に頭がめり込んで、体はピクピクと痙攣《けいれん》するだけだった。

「他の兵士ども！ お前たちも同罪だ！ この愚物一人に罪を擦《なす》り付けられると思うなよ!! 一人

一人しっかりと追及して然《しか》るべき処分を与える!!」

他の兵士たちも次々武器を捨て、力なく崩れ落ちていくのだった。

＊　＊　＊

「つい最近アロワナ王子を煩わせたばかりだというのに……。制度の長い継続が、避けられぬ腐敗を呼び込んでしまっていたか。それが人魔戦争の終結と共に、勝者の驕《おご》りとなって表面化してきた……！」

不良兵士たちは、逆にダルキッシュさんの領兵によって拘束され、数珠《じゅず》繋《つな》ぎにされていた。

そして魔王さんは、ダルキッシュさんに謝罪する。

そこに支配者の傲慢さは欠片《かけら》もなかった。

「これからコイツらを引き連れて占領府へ乗り込み、総督を叱り飛ばすつもりだ。末端とはいえ部下の不正を許す管理の甘さ。そのままにはしておかぬ」

占領府をまとめる総督さんは、魔王さんが直《じか》に任命して信頼厚い人材らしいけれど、これは怒られるしかないから大変だなあ……。

「その対処に免じて、今しばらく魔族の振る舞いを見守っていてほしい。けっして人族を虐げる無道の支配者にならぬつもりだ」

しかしダルキッシュさんの方は、いきなり魔王さんが登場した事実を受け止めきれず、何かの間違いじゃないかと疑っていた。

「ヴァーリーナ」

「はひッ!?」

いきなり名前を呼ばれてガッチガチに緊張する女魔族さん。

「アスタレスから伝え聞いている。監察官として旧人間国に赴任しながら、領主と縁を結んだと」

「恐縮です！　けっして愛欲に走ったとかそういうわけではなく……！」

「お前たち夫婦は、これより魔族人族融和の先駆けとして、好ましき一例となっていくことだろう。夫婦力を合わせて、領土の繁栄に力を注いでくれ」

「はいぃ……!?」

今まであえて触れてこなかったけど、監視対象と結婚しちゃうなんて職務規定上どうなのと思わないでもないが、お墨付きを貰えてよかったね。

「……休息を楽しみに来た現場で、まさかこのような課題を目撃することになろうとはな。我もまだまだ、のんびり休んではいられぬようだ」

そう言って魔王さんは、罪人を引き連れ会場から去っていった。

まずは旧人間国の占領府へ乗り込んで、腐敗を一掃なされるのだろう。

＊　＊　＊

こうして、オークの城を巡る様々なアレやコレやは一旦の終息を得た。

イベントは、予想外のポジティブ効果をもたらした。

人族にとって虎よりも恐ろしい魔族の不正官吏を、魔王みずから糾弾して成敗する場面を多くの人々が目撃したのだから。

魔王は不正を許さない、魔族人族に関わりなく弱き民草の味方であるという認識が世界中に広まった。

これによって支配された人族たちの不満も緩和され、世界は平穏へと向かっていくことだろう。

オークボたちが建てた城を巡って世界がよい方向に行くなんて……。

なんでそうスケールが盛大になっていくの？

ともかく、イベントで得た利益はダルキッシュさんとヴァーリーナさんの領を大いに潤し、麓の村は村おこしに成功して賑《にぎ》わうことになった。

現地の皆様からはまたやってほしいと言われたので、また来年に春の陣を執り行おうと思う。

今度こそ俺も天守閣まで到達するぞ!!

……いや。

まずは第二関門突破を目標にして……！

うどん食いたくなった。

そう言えばしばらく食べてないな。

この冬で鰹節《かつおぶし》も開発したことだし、もはや材料に不足はないだろう。

作ってみるか、うどん。

＊　＊　＊

まずは麺を打つ。

小麦粉に塩水を混ぜて、こねるぜ。

「お、ご主人様がまたなんか作ってるぞ？」

「今度はどんな美味《おい》しいものができるのかしら？」

ヴィールとプラティが。

もはや食い物は完成する前から嗅ぎつけてくるようになってきやがった。

いや、もう予定調和だからいいけどさ。

「何ができるのか超楽しみね。挽《ひ》いた小麦に水を混ぜて、こねてるみたい……!?」

「ううむ、これ何か見覚えがあるぞ？　何か……？　そうだ……!?」

俺がうどんをこねている様を見て、ヴィールは何かしら記憶の泥をさらうような難しい表情をした。

「そうだ！　思い出した！　これはパンを作るんだな!?」

「パン!?」

「小麦粉をこねて焼くヤツだ！　なんだご主人様、何やら新作を創造する雰囲気で、もはやお馴染《なじ》みパン作りなど大袈裟《おおげさ》だなあ！」

俺そんな雰囲気発していたの!?

「どれ、おれもパン作りなら手伝ってやろう！　パン生地をこねるのは楽しいからな！」

ヴィールも俺に並んで、小麦粉に水を混ぜてこね始めた。

「パンをこねるぞー♪　パンをこねるぞー♪　小麦粉と水と塩砂糖と種菌混ぜてパン生地を作るぞー♪」

御機嫌である。

俺はその隣で、黙々とうどん生地をこねる。

「バターも混ぜて、さらにこねるぞー。ある程度こねたら発酵させるぞー」

こちらも生地を寝かせ、充分に時間を置いたあとに麺棒で伸ばす。

切って麺状に。

「発酵が終わったら再びこねて、ちょうどいい形に千切るぞー」

出来上がった麺を茹《ゆ》で、同時進行でつゆも作っておく。ここで削り節が活躍だ。

茹で上がったうどんを熱いつゆの中に投入し、刻みネギを散らして……。

「生地をオーブンの中に入れてー、たっぷり焼いてー」

できた！

「できた！」


「「違うッッ!?」」


台所に、うどんとパンが二つ並んでいた。

炭水化物と炭水化物の二重奏。

「ご主人様パン作ってたんじゃないのか!?　想像したのとまったく別のものが出来ているぞ!?」

「別にパン作るとは一言も言ってないけど!?　別のもの作ってるって途中で気づかなかったの!?」

それもアレだが、ヴィールが独力で一からパンを作れるようになってるのが軽く感動ものなんだけど。

試しに一つ齧《かじ》ってみる。

焼きたてだけに美味しい!!

……ん？　でも何だか塩辛くないか？

いや感涙の味か。

「ふーん、それより旦那様の新作料理を味わいましょうよ」

プラティ感動薄い。

そして断りもなく俺の作ったうどんに手を付ける。

「スープの一種かしら？　器の中がほとんどおつゆで、何だか長い変なものが入ってて……」

「ハシで食うのか？　おれこれ使うの苦手なんだけどなー」

ヴィールも早速うどんに興味を持ってかれた。

言う割には上手《うま》く箸を使い、うどんをちゅるちゅるすすって口に運び……。

「「うめぇ――――――ッ!?」」

ハイ頂きました。

「何だこの長いアレのシコシコとした歯応え!?　パンと同じ材料だから同じようなフワフワかと思ったら全然違うぞ!?」

「スープの方も美味しいわねえ。この味はこないだ作った鰹節？　なるほど鰹節あればこそできた料理なのね！」

二人の反応が好調で嬉《うれ》しい限りだ。

「俺の作ったパンにうどんつゆ浸して食ってみよう。……美味しい！」

「こらヴィール行儀悪いわよ。……でもたしかに美味しいわね」

二人が味の探究者として色々試している……!?

俺はそういう食べ方あまり感心しないけど。

でも気になるからあとで試してみようかな？　一回だけな？

さて、では俺はもう一手間……。

冬の漁で獲得したのは何もカツオ（っぽい異世界の魚）だけではない。

他にもたくさん獲《と》ってきたさ。

その中でも、エビっぽいものが獲れたので、これに衣をまぶして油で揚げて……。

「ほい」

二人の、まだ食べてる途中のうどんの碗《わん》に入れてあげた。

エビの天ぷらを。

「「はぁえええええ――――――――ッッ!?」」

二人は本能的に歓喜した。

「これは凄《すご》い!?　凄いものだとわかるわ!!　そう例えるならば、単体でも凄い二つのものが、合体して一つのものに！　凄さが二倍どころか三倍に!!」

「このエビを包んでいる衣にうどんのつゆが染み込んで美味しさが相乗する！　この衣の黄金色

ゴージャス！　おれが食するに相応《ふさわ》しい!!」

大喜びだなあー。

その横で今度はかき揚げを作る俺。

他にうどんのトッピングって何があったかな？

肉、たぬき、きつね、わかめ、月見、山菜、ごぼう天……。

んん～？

もう出てこない？

いや待て、もっといっぱいあったはずだ。

駅構内にある立ち食いそば・うどん店には壁を埋め尽くすようなトッピングメニューの羅列があったはずだ。

たとえば……。

コロッケうどん？

いや、それはあまりに奇手だろう。コロッケの中身がつゆに解け出してドロドロの何かに……。

あれはあれでいいよね？　いやよくない？　いいか？

カレーうどん。

あれはまた独立した別個の食べ物じゃないか？　レパートリーの一種ではなく。

まあでも我が農場はカレーを作れる準備ができてないし。

保留で。

具材で個性を出す縛りに囚《とら》われないなら、ざるうどんやぶっかけうどんもある。

これらは新たに具材を調達しなくてもいいから、すぐさま作れるけど……。

そして禁断の……！

「納豆うどん!!」

「この納豆うどんは、よい仕上がりですね」

!?

納豆うどんが既に現実のものと化している!?

もちろんその実行者は、納豆天使ホルコスフォン!?

彼女の手によって水戸のうどん屋みたいなことに!?

「納豆とうどんの取り合わせは、優良なものです。私の納豆レパートリーに加えます」

いやホルコスフォンだけじゃない、他にも台所は農場の住人で賑《にぎ》やかになっていた。

オークやゴブリンが、俺の打ったうどんの残りを茹でて、次々碗に入れていく。

つゆも入れていく。

俺の手を煩わせずにそこまでやるとは……。

「あ、すみませーん。勝手に作っちゃいましたー」

「我が君もどうです？　美味しいですよー」

いや、それ俺が拵《こしら》えたんだけど？

ヴィールだけじゃなく、皆ももはや俺なしで料理ができるようになっていたとは……!?

「こっちの天ぷらっていうのもやってみようぜー」

「カボチャを揚げよう！　それからナス！　それにトマトにキュウリもどうだ!?」

なまじ元を知らないだけにチャレンジへの躊躇《ちゅうちょ》がない!?

「そして揚げたらうどんに投入!!」

「素晴らしい！　いろんなうどんが味わえるぞ！」

「このサツマイモ天を入れたうどんはなかなかいいぞ!?」

「こっちのゴボウを刻んでかき揚げにしたのを入れたうどんもいい!!」

「バターの天ぷらですー！」

「アイスクリームの天ぷらですーッ！」

「この天ぷらとうどんに合う酒は……ニホンシュか!?」

「うどんに海草入れたらおいしいんじゃね？」

「なら山菜も……！」

もはや食探求の情念は俺から溢《あふ》れ出し、農場の皆に伝わっているんだなあ。

プラティが俺の子どもを生むとわかって時が進んでいく実感を持ったが、それだけじゃない。

すべてがちょっとずつ成長していたんだ……！

俺たち皆一人一人！

そしてその成長は、これからもずっと続いていくぜ。

そしてホルコスフォン。

「次は納豆を天ぷらに揚げてみましょう」

「やめろ微妙に上手くいきそうなチャレンジ⁉」

それぞれの冬の過ごし方（一）

冬が過ぎて春が来た。

が、本格的に春の到来を謳歌《おうか》する前に、その前の冬についてもう少しスポットを当てておこうと思う。

我が農場の住人たちがどのようにして冬を満喫していたか。

それぞれに注目して振り返っていきたい。

＊　＊　＊

まずは大地の精霊から。

本来、土に溶け込み、自然の運行を援《たす》ける無形の霊的存在であるが、我が農場では実体化して家事手伝いなどしてくれる。

「ふゆですー！」

「ばんぶつの成長がとまるときですー!!」

「われわれも大人しくねむるですー!!」

そんな大地の精霊にとって、季節の移り変わりは大きく影響する。

特にすべての生物が活動をやめる冬は、彼女たちにとっても活動に適さぬ季節らしい。

大人しく春が来るまで土に還《かえ》るそうだ。

つまり冬眠。

「ごしゅじんさま、しばしの別れですー！」

「はるになったらまた会おうですー！」

「あけない冬はないのですー！」

口々に挨拶して、掘り進んでの土中に戻っていった。

こんな時、大地の精霊も小さい女の子のような外見をしているが、人外の存在なのだなあと実感する。

ここで改めて大地の精霊のおさらいをしておこう。

小さい女の子のような外見をしている。

いっぱいいいる。

好きな食べ物はバターで、バターの入ったお菓子に目がないだけでなく、バター単体でも余裕でイケる。

神の力で実体化できるようになり、我が家で家事手伝いをしてくれている。

主な業務は掃除。

俺の住む屋敷などを整理整頓して、害虫の一匹すら入りこまない。

でも彼女らが眠る冬の間は、俺たちが自分で掃除しないとな。

まあ冬は畑仕事ができずに手が空くから問題ないか。

冬の間は、大地のエネルギーが沈静化するということで、彼女らも土中に戻り眠りにつく。

次に会えるのは春だ。

冬とは『殖《ふ》ゆ』とも言い、じっと眠りについて生命力を蓄えるための季節であるとも。

やがてやってくる春に、あらゆる生命が花咲かせるために。

＊　＊　＊

そして春。

追憶なので時間は一気に飛ぶ。

雪解けし、空気の突き刺す感覚が緩まり、暖かさが戻る。

そうなると大地の精霊が目覚める条件が整った。

「春が来たですぅ」

「目覚めの時ですぅ」

「覚醒ですぅ」

次々と土から這《は》い出してくる大地の精霊たち。

ただ、彼女らは初冬の眠りに入る前とは決定的に違う点があった。

「……殖えてる」

俺は呟《つぶや》いた。

「殖えてるうううう――――ッ!?」

そう、殖えているのだ。

彼女たちの様々な部分が。

かつて少女というか、幼女とも言っていい外見だった大地の精霊たちは、成長していた。

身長も殖ゆ。

肉づきも殖ゆ。

おっぱいも殖ゆ。

お尻の丸みも殖ゆ。

かつての彼女らなど見る影もないお色気お姉さんに成長していた！

「これが冬眠の効果……!?」

じっと眠りについて、生命力を蓄積し続けた結果、幼女がお色気ムンムンお姉さんに変わってしまった!?

「皆の衆、寝覚めの恒例をいくですぅ」

「それをやらないと他に何も始まらないですぅ」

「行くですぅ、……せーの」

「「「「デトックス!!」」」」


なんだーッ!?

お色気大地の精霊が光に包まれ……!?

一瞬目を眩《くら》まされたあと、だんだん視覚が戻ってくると、俺の目に映る大地の精霊たちは……。

「元に戻ってるううう――――ッ!?」

いずれも愛らしい幼女の姿だった。

「ふゆのあいだは、エネルギーが付きすぎてふとるですー!」

「だから余計な分を、ほーしゅつして、ちょーせーするですー!」

「だいえっとです!　きゃすと・おふです!!　よぶんなものは思い出と一緒に、あしたへの入り口においていくですー!!」

と幼女精霊口々に言う。

こうしてお色気ムンムンお姉さん姿の大地の精霊は、冬が開けたほんの一時だけ見れるレア風物詩であることが判明したのだった。

＊　＊　＊

そして時はまた一回巻き戻って、冬の寒さ真っ盛りの頃の出来事である。

人魚国の第二王女エンゼルとその仲間たちにとっては、初めて見る雪景色だった。

「ひえー……!?」

「地面が真っ白になってますよ、姫様……!?」

エンゼルを始め、ディスカス、ベールテール、ヘッケリィ、バトラクス。

の五人。

正統五魔女聖なるものを名乗っていた彼女らも、今ではすっかり農場の生活になれている。

もうドラゴン形態のヴィールや、ノーライフキングの先生と遭遇しても滅多に驚かなくなった。

しかしこの雪景色には流石《さすが》に驚いたらしい。

「凄《すご》い凄い！　これが噂《うわさ》に聞く雪ってやつなのね!?」

「ちべたいちべたい！　姫様！　これ触ると冷たいですよ!?」

「さらに空から降ってくるのを、口でキャッチ！　冷たい！」

子どものようにはしゃぎまくっていた。

まあ、彼女らの年齢はまだまだ子どもの範疇《はんちゅう》だけど……。

「ふっ、初めての雪に興奮しまくっているわね小娘ども！」

そこに現れたのはプラティ（妊娠発覚前）。

我が妻にして、人魚チームの総元締めというべき地位に就く女だ。

「たかが雪程度で大騒ぎなんて、人魚淑女にほど遠いわね！」

そういうプラティだって、去年の初雪の時は上向いて大口開けまくりだったような……。

「そんなアナタたちに、雪を優雅に楽しむマストな方法を教えてあげるわ！　アナタたちの先達、一人前の人魚淑女としてね！」

「な、なんですって!?」

プラティとエンゼル。

俄《にわ》かに再び姉妹対決ムードが巻き起こる。

「一体、何を教えるというのお姉ちゃん？　敵であるアタシに塩水を送るようなマネを……!?」

「アタシの敵だなんて、もっと実力をつけてから名乗りなさい……！」

相変わらず妹に厳しいなあプラティは。

「アナタたちに、雪を使った遊びを教えてあげるわ。今みたいに雪が厚く降り積もった状況でしかできない、限定的な遊戯」

「限定的な遊戯!?」

「雪を手の平に乗る程度持ち、押し固めて球状にする。それを対戦相手に向かって投げつける」

雪合戦じゃないか。

去年の冬に俺が教えた。

ヒトから教えてもらったことを早速ヒトに教えるなんてプラティも子どもっぽいことをしてるなあ……。

「その競技の名は……！」

名は？

「雪殺戮《さつりく》よ!!」

違う。

殺戮違う。

傍《そば》で見守っていた俺はさすがに見過ごせずにプラティに声掛けした。

「違うでしょうプラティ？　雪合戦でしょう殺戮じゃなくて？」

なんでデンジャラス度が格段に上がったネーミングになっとるんだ？

「旦那様……。合戦とは戦いのことでしょう？　戦いとはレベルが同じ者たちの間でしか起こらないのよ？」

「はあ……？」

「圧倒的にレベル差のある者と戦いは起こらない。起こるとしたら一方的な殺戮のみよ。強い者が、弱い者を蹂躙《じゅうりん》する。ね？」

プラティの妹へ向けられる視線がまんま、弱者を見下すそれだった。

それにエンゼルも気づいて覿面《てきめん》にキレる。

「きしゃーーッ！　お姉ちゃんがアタシを見下すなんて許せない！　いいわよやってやるわよ雪殺戮！　もちろん殺戮するのはアタシの方だけどね!!」

「いいわよ、姉より優れた妹はいないということを改めてその身に刻み付けてあげるわ……！」

妹エンゼル側は、他の少女人魚も加わって五対一でプラティを囲むが、やっぱり一方的な殺戮になってエンゼルチームは蹂躙された。

これで終わるとエンゼルたちが可哀相《かわいそう》なので、エルロンやゴブ吉を助《すけ》っ人《と》に加えて実力を伯仲させて、皆で雪合戦を楽しんだ。

引き続き、我が農場での冬の過ごし方について振り返っていく。

次に思い出すのは、こんな珍事件だった。

＊　＊　＊

一面の銀世界に駆け出す全裸の女性。

「ん？」

俺はとっさに目を瞑《つぶ》ったが、それでもチラリと見えたものは見えた。

見ないと対応できないし。

「一体何の異変だ……!?」

両手で目蓋を抑えて見えないようにしていると、それでも耳に入ってくる黄色い声。

「やーだー、冷たいー!!」

「全身冷える……！　凍る……!?」

「酒ッ！　酒……！」

「全身をあっためて……!?」

……。

何が行われているのだろう?

視界を封じられている俺には、推測することでしか状況把握が不可能だった。

「これは訓練だ」

ん?

その声は酒の神バッカス?

ウチの農場にいつの間にか居着いて精力的に酒の開発製造してるヤツ!

「あの……、俺の目の前で全裸の女性が駆け巡ってる気がするんだけど、気のせいかな」

「いや、駆け回っとるぞウチの巫女《みこ》たち十五名が全裸ばっかっす!」

うおおおおおおッ!?

あぶねえ!? 油断して目を開けるところだった!

「なんで!? なんで全裸で駆け回ってるの!?」

「言ったであろう。これは訓練なのだ。我がバッカス教団の巫女としての」

訓練!?

さっきも言ってたけど寒い中全裸で走り回って何の訓練になるというのだ?

あ、寒中マラソン!?

「いいか、雪積もる厳寒の中、裸で雪の中に飛び込むと冷たいだろう？」

「想像するまでもなくて背筋が凍る」

「そうして冷えた体に酒を流し込むと、ポカポカ温まる。その状態でまた雪に飛び込み体を冷やす。酒を飲んで温まる。これを繰り返すことで……」

「ことで？」

「日頃から摂取できる酒量が増える！」

何の訓練なんだよ⁉

いくら酒飲み教団だからといってもさらに飲めるようになるために そんな厳しい訓練積まなきゃいけないの⁉

「冬の間しかできない、季節限定行事だな」

「知らんけど、せめて全裸はやめろよ。風紀が乱れる……⁉」

まだ自分の手で目を覆っている俺です。

「着衣のまま雪に飛び込んだら服が濡《ぬ》れるではないか？」

「なんでそこだけ常識的なんだよ⁉」

大体、正気の沙汰とは思えないこの訓練の指導者、バッカスは全裸の女性を見て何も催さないのかと邪推したくもなるが、相手は半分だけとはいえ神。

千年単位の寿命を持っていて、もはや性欲など枯れ尽くしている。

あるのはただ酒を飲むこと造ることへの情熱のみ。

こういうところが酒の神だった。

おかげで農場の風紀を守るためにより一層の取り締まりを迫られるのであった。

＊　＊　＊

そして人間族の王女レタスレートちゃん。

冬の間はソラマメも育てられずに暇してるだろうと思ったが、彼女なりに冬を満喫していた。

「よいしょ、よいしょ、よいしょ……！」

何をしているのかと気になって見てみたら、雪玉を転がして他の雪を巻き込み大きくしようとしている。

「雪だるま作りか」

以前俺が教えたものだが、今年も大流行《おおはや》りして農場中に雪だるまが五百羅漢ばりに並んでいる。

「そうよ！　王女の品格に相応《ふさわ》しい、凡百雪だるまとは一線を画する高級品を作り上げるわよ！」

相変わらず変なところで王女様のプライドを振りかざす子だ。

「まあ雪だるまを作るならもう一つ雪玉がいるけれど、どうするの？　俺が手伝おうか？」

胴の部分と頭の部分の二つ。

俺も冬で、油断するとすぐ運動不足になるから、率先して体を動かさなきゃ。

「心配無用よ！　もう一つの雪玉は、既に頼もしい助《すけ》っ人《と》が製作中なのだから！」

ああ、もう手伝いいいたの？

じゃあ仕方ない。俺は俺で独自に雪だるま作製を始めるかな。

「ホルコスちゃん！　そっちの雪玉はどう？」

「順調ですレタスレート」

レタスレートの雪だるま作りを手伝って、雪玉転がしてるのホルコスフォンなの？

天使のホルコスフォン？

我が農場最強の一角、腕力だって相応にあるホルコスフォンが雪玉なぞ作ったら……！

「頭部用の雪玉製作、完了いたしました」

「「でけえええええええええッッ!?」」

俺とレタスレートちゃん。

聳《そび》え立つ雪玉を見上げて心底驚く。

もはや雪玉と呼べるレベルの代物ではない。

球状の雪山だった。

球の直径が、俺の家の屋根の高さを余裕で超える。

天使ホルコスフォンが本気で雪玉作ったら、この大きさにまでなるのか。

怖い。

「こらー！　ホルちゃん大きい！　大き過ぎよ！　こんなん私の作った雪玉と全然バランスが取れないじゃない！」

ホルコスフォンの作った雪玉と、レタスレートちゃんの作った雪玉を大きさ比較すると……。

地球と月。

誇張なしにそうなんじゃないかと思えてしまう。

「レタスレート、頭部は完成しました。胴体用の雪玉をお願いいたします」

「こっちだってもう完成よー!!」

しかもホルコスフォンの雪玉の方が頭部用だった。

これ明らかに胴体が頭に潰されるだろう。

「では載せます。せーの」

そして容赦なく載せた。

案の定レタスレートちゃんの雪玉、ホルコスフォンの雪玉に潰された。

「ぎゃあああああああああッッ!?　私の力作があああああああッ!?」

以後、二人の合作雪だるまは農場最大の晒《さら》し首《くび》雪ダルマとして、周囲からの注目を集めることになった。

『特別な雪だるまを作る』という彼女の目標は達せられたのだ。

＊　＊　＊

最後に語るのは、サテュロスのパヌたち。

乳製品生産が仕事の彼女たちだが。

降り積もる雪の冷たさを利用して、アイスクリームを量産したという。

寒い時期の環境を利用して、冷たいものを作らんとする気持ちはわかる。

しかし人間、寒い時ならバランスをとって温かいものを摂取し、体温を一定に保とうとするのが本能。

結論から言うと農場の者たちはホットミルクやチーズホンデュの方が大人気で。

寒い時こそアイスクリームという猛者はなかなかにいなかった。

仕方ないので自分たちでアイスを消費しようとするパヌたち。

しかし調子に乗って作りすぎたそうで、彼女たちだけで食べきれる量ではとてもなくなっていた。

「聖者様……！　よろしければどうぞ一杯……！」

青い唇で迫られるので俺もご相伴するしかなかった。

「頭にキーンとくる……！　あとどれくらい残ってるの？」

「今日作った分を含めて、一三八カップ……！」

「なんでまた新たに生産するの!?」

結局、温泉の風呂上がりコーナーに並べることで何とか消費を上げて切り抜けることができましたとさ。

＊　＊　＊

我が農場の住人の冬の過ごし方は大体こんな感じだ。

オークやエルフたちはオークボ城のアトラクション作製で忙しかったたし、ゴブリンたちは、その間農場の留守を預かってこれまた忙しかった。

全体的に充実した冬だったと思う。

そうして、寒さに籠もる時期を過ぎ、次回からは本格的な春の物語を進めていくとしよう。

染み出す酒

春になってまず行ったこと。

果実酒、薬草酒の試飲だ。

秋頃、酒神バッカスが造り上げた蒸留酒に様々な果実や薬草を漬け込んで、その味が酒に染み混ざるのを期待していた。

それが一冬越して、ついに飲める状態になったはずだ！

はずだ!!

普通だったら梅雨前の時期に漬けて秋頃に飲むのが果実酒のセオリーだろうが。季節感がないのは勘弁してくれ。

そんなわけで俺たちの前に並びました、色とりどりの酒たち。

定番梅酒を筆頭に、リンゴ酒、レモン酒、桃酒、ビワ酒、オレンジ酒、キウイ酒。

プラティたちが特別調合した薬草酒も多彩だ。

皆、ぶち込んだもののエキスを吸い取って、通常の酒にはない独特の色合いを示している。

「……これ、一口ずつでも一度に全部は飲み切れないぞ……!?」

とりあえず一番大量に造った梅酒を皆で飲む。

「うめー！　梅だけにうめぇー!!」

「水で割るとさらに飲みやすくなるぞ！」

「漬けておいた梅の実も美味《おい》しい！」

「あとでジャムに加工するから全部食べないでねぇー」

概《おおむ》ね好評のようだ。

これもまた我が農場の定番メニューとして恒常的な生産を決定しよう。

「聖者よ、聖者よ」

ほろ酔いいい気分になっていたら呼び止められた。

酒神バッカスから。

「他の漬け置き酒の成果も見ておきたい。一緒に来てくれないか？」

今や、我が農場の酒造部門責任者としての地位を確立したバッカス。

彼が言うには、造った漬け置き酒は何十種類にも及び、酒盛りで表に出したのは、ほんの一握りだという。

いわゆる安牌《あんぱい》の。

「確実に美味《うま》いとわかる酒ばっかを出したっす！」

まあ、賢明な判断だ。

どんな漬け置き酒を造るかを農場内で公募したところけっこう無茶ぶりな案も出てきたが、バッカスは厭《いと》うことなく全部実行してみせた。

どんなバカげた方法からでも奇跡の一作が出来上がる可能性はゼロではない、という信念から。

覚悟のほどは、さすが酒の探究者というべきか……。

「でも、さすがに外れにしかならなそうなものもあったでしょう？」

ホルコスフォン発案の納豆酒とか……。

「失敗は成功の酵母……。チャレンジ自体は問題ないことだ。しかしそれでも問題があってな……！」

「え？　何？」

「これなんだが……!?」

バッカスに酒蔵を案内されて、見せられたものに俺、度肝を抜かれて心底ビビる。

バカでっかい酒瓶であった。

見上げねばならないぐらいの高さをもった大瓶。

どうやってこんなデカい瓶を作り上げた!?

そこから謎だが、最大の謎は容器よりもその中身だった。ガラス瓶だからもちろん内部の様子は透けて見える。

大瓶の中にはなみなみと注がれた酒、多分焼酎。

そしてその中に浮かんでいる……。

「ドラゴン!?」

ドラゴン酒!?

誰だそんなもの造ろうとしてるヤツは!?

ハブ酒みたいなものと混同しているのか!?

「ヴィール!?　ヴィール────────ッ!?」

俺は瓶を叩《たた》いて中のヴィールに呼びかける。

本気で何をしとるんだコイツは!?

「呼んだかご主人様?」

「きゃ────────ッッ!?」

背後から呼びかけられてビックリした!?

「え?　ヴィール!?」

人間形態のヴィールが普通にいた。

背後から呼びかけたのはコイツ。

「え?　じゃあこの瓶の中のドラゴンは!?　誰!?」

瓶の中にドラゴン。

瓶の外にもドラゴン（それはヴィール）。

我が農場にいるドラゴンと言えばヴィール以外にない。

なので俺も、大甕《おおびん》の中にいるのが無条件にヴィールだと決めつけていたわけだが。

「瓶の外にヴィールがいるってことは、瓶の中にいるドラゴンはヴィールじゃない!?　え？　誰!?　本当に誰!?」

「そういや紹介してなかったっけ？　じゃあいいや。紹介しておこう」

ヴィールは瓶をゴンゴン叩く。ノックするかのように。

「シードゥル。ウチのご主人様が興味あるそうだ。出てきて挨拶しろ」

『アラいいんですのお姉さま？　まだ入ってから二ヶ月しか経《た》っておりませんわ？』

「一時、顔を出すぐらいかまわんだろ」

生きてるうううううううッ!?

ドラゴンなら何でもありで、全身酒浸りになりながら密封されてなお生きてても驚くに値しないかもしれないが、生きてるうううううッ!?

『どっこらせ、久々に外の空気ですわ』

瓶の蓋を開けて、酒漬けになっていたドラゴンが瓶から顔だけ出してくる。

『アナタがヴィールお姉さまのご主人なのですね。わたくしはグリンツェルドラゴンのシードゥルと申しますわ』

「は、はあ、どうも初めまして……!?」

あまりにも素っ頓狂な状況に、返事するぐらいで精一杯だよ。

酒に漬けられていたドラゴンがフツーに酒から顔を出して、いかにも丁寧に挨拶してくる……!?

「あの、初めまして……、ですよね？」

『ええ、お会いするのは初めてですわ。それが何か？』

なんで会ったこともないドラゴンが、俺の農場で酒に漬けられとるんだ!?

密室殺人に遭遇したレベルのミステリーなんですけども!?

「それについては、おれから説明しよう」

とヴィール。

わかってるよどうせお前が元凶なんだろう!?

「あれは、何でもない冬の昼下がりのこと、おれは暇で暇で仕方なくなってな……」

「ん」

「そこで暇潰しに、他のドラゴンの邪魔しに行くことにした」

そう言えばコイツらドラゴンは、なんか次の竜の王？　とやらを決めるために現役の竜王から試練を課せられてるんだっけ？

他のドラゴンを邪魔して、試練を失敗させたら競争相手が減ってお得というわけか。

狡《ずる》いな。

「それで、あちこち飛び回ってみたら、このシードゥルと遭遇してな。ちょうどいい早速邪魔してやろうと接近したら……」

向こうは迎え撃つどころか、縋《すが》りついてきたという。

『たすけてください、お姉さまあああッッ!!』と。

『だって、わたくしに与えられた試練、無茶振りなんですもの……！　ドラゴンといえども絶対達成できません……！』

「ど、どんな試練だったの？」

あまり聞きたくはなかったが、それでは話が進まないので先を促すより他ない。

『アンブローシアという果実を取って来い、という試練なのです』

「いやー、取ってくればいいいんじゃない？」

果実？

ドラゴンなんだから果物の一個や二個ゲットしてくるなんて朝飯前だろう？

「それがそうもいかんのだご主人様」

ヴィールが補足するところによると。

「アンブローシアはとっくの昔に絶滅していて、地上のどこにもない果実なのだ」

「無理ゲーではないか」

いくらドラゴンでも、既に消え失《う》せてしまったものを探し出すなんて不可能だろう。

『そこで途方に暮れて彷徨《さまよ》っていたところをヴィールお姉さまにお会いしたのですわ。わたくしもう、頼る方が誰もおらずに弱り切っておりましたので、つい嬉《うれ》しくって……』

抱きついて泣き明かしてしまったと。

「おれもあんまり豪快に泣かれるので、これ以上追い詰められなくなって……」

最初の目的が妨害だったのに初志が貫けてないじゃないか。

「で、思い出したのがご主人様のことだ。ご主人様は何もないところから種も撒《ま》かずに木や草を生やしたりするだろう？」

ああ。

『至高の担い手』の効力の一つとしてな。

ホント万能だからな、このギフト。

「そんなご主人様なら、滅びたアンブローシアも出芽させて実が生《な》るまで育てられるんじゃないかなあ、と思って連れてきた」

なるほど、このシードゥルさんとやらが農場にやってくるまでの経緯はわかった。

しかし何故《なぜ》酒の中に浸《つ》かっていたのかがわからない。

どうしてこうなった!?

『高貴なるドラゴンのわたくしが、ニンゲンなどに借りを作るわけにはいきません！　下等生物の人の子などに!!』

言葉使いは礼儀正しいけど、こういうとこやっぱりドラゴンだなって思った。

最強生物としてナチュラルに傲慢というか。

『なのでまず、こちらの願いを聞き入れさせる前に充分な謝礼を用意しようと思いましたの!! でも、ヴィールお姉さまを従えるほどのニンゲンですから、大抵のことは満たされてると思いまして……』

「で、その時ちょうど漬け置き酒で盛り上がってただろ? だからドラゴンを漬けた酒でも用意してやれば喜ぶんじゃないかなーと思って」

『そうヴィールお姉さまから伺い、早速酒の中に浸かってみることにしましたの! 半年そこら酒の中でジッとしてたとしても、ドラゴンにとっては何の苦痛でもありませんし!』

「おれはそんなに長い間ご主人様と遊べないのは嫌だしな」

それでこんなことに……!?

何故気づかなかったのか……!? そう言えば俺冬の間は漁だったりオークボ城だったりで留守がちだったからなあ!!

『そんなわけで、まだ漬け始めてから二ヶ月も経っていませんので、さらに頑張る所存ですわ! 完成の暁には是非ともアンブローシア栽培の善処を!!』

「ドラゴンを漬けた酒って、おれも興味あるから楽しみだぞー。そうだご主人様? 今のうちにちょっと味見してみね?」

完成前の漬け置き酒を味見するほど粗忽《そこつ》なことはないが……。

ドラゴンを漬けた酒。

どんな味か興味はある。

やはりハブ酒みたいなんだろうか？

シードゥルの浸かった酒を一掬《ひとすく》いだけ、口に運ぶ。

「うまあああああああああああああっ!!」

なんだこの酒はあああああああっ!?

美味い！　しかもそれだけではない！　体中が煮えたぎるような熱さに包まれ、力がこみあげてくるうううううううッ!?

どんな酒でもここまで強力なパワーは宿らない！

やはり竜酒！

最強の酒だあああああっ!?

「ああ、聖者よ。ドラゴンを漬けた酒は迂闊《うかつ》に飲まない方がいいぞ」

我関せずと他の酒の出来栄えをチェックしていたバッカスが、とことのついでみたいに言った。

「不老不死になるから」

「なんで飲み終わってから言うの!?」

やはりドラゴンが絡むとどんな品物でも突き抜けてしまう。

ドラゴンの秘密

とりあえず、発見してしまったからには放置というわけにはいかない。

新たなるドラゴン、シードゥルさんを応対することとなった。

「アラいいんですか？　お酒もまだ完成していないというのに？」

むしろ完成させたらヤベーやつです。

竜のエキスをたっぷり染み出させたという竜酒。

飲んだら不老不死になるとか、余程の覚悟がないと飲むことはできない。

俺が飲んだのはまだ浅漬けの薄い酒だったから不老不死にまでなることはなかったが……。

……で、いいんだよね？

大丈夫だと信じていいよねッ？

とにかくもシードゥルさんが追い求めているアンブローシアの実を探求するため、彼女にも酒瓶から出てもらった。

そして会話しやすいよう、彼女にも人間形態に変わってもらった。

人化したシードゥルさんは、物腰通りの柔らかな美女で、スラリと背が高く、プロポーションもはち切れんばかりであった。

要するにダイナマイトバディ。

「………」

ヴィールの人間形態と見比べてしまう。

「なあ、彼女ヴィールのことお姉さんって呼んでるけど……」

「なんか文句あるか？」

ないです。

俺は言葉をぐっと胸の内に押し込んだ。

で、問題のアンブロージアとやらだ。

『実』というからには果物で間違いないのだろう。木の枝に生るものだ。

既に絶滅してしまって地上に存在しない植物らしい。

俺の『至高の担い手』で土を撫《な》でると、本来この世界に存在しないはずの異世界の植物も生えてくる。

だから、絶滅した植物であろうと発芽させることは理論上可能なのかもしれないが……。

「それでもまったく知らないものを実らせることなんてできるのかな？」

初の試みである。

どうなるかはやってみないとちょっとわからない。

そもそも見たこともない植物だから、仮に芽を出して立派な実が生ったとしても成功か失敗か判断できないだろう。

見たこともない木なので見たこともない実が生るだろう、を地で行く。

「うむむ……!? どうしたものか……!?」

果物のことならダンジョン果樹園ということで、現地に来て色んな果樹を眺めながら考えている。

「あらあら、色とりどりの樹木があって、とても素敵なダンジョンですわ」

「そうだろう！ おれが支配するダンジョンをご主人様が改造したんだぞ！」

一緒についてきたヴィール、シードゥルのドラゴン姉妹。

「ちょっと見て回ってきていいですか？ 余所様《よそさま》のダンジョンを訪問するなんてなかなかないですから……！」

「好きなだけ見て回るがよい！ そしておれとご主人様の偉大さを思い知るがいい！」

自慢げなヴィールである。

そしてシードゥルはお言葉に甘えてとばかりにあちこち見て回るが……。

「きゃああああ――――ッ!?」

「何事だあ!?」

唐突に悲鳴が上がったので、慌てて向かう。

あの声はたしかにシードゥル。

ドラゴンが悲鳴を上げるなんてよっぽどのことだぞ!?

「どうした!?　何があった!?」

すぐ近くで腰を抜かし、尻もちをついていたシードゥルを抱え上げる。

「あ、ありましたわ……！」

「へ？」

「これこそアンブローシアですわ!!」

何!?

アンブローシアって現在絶滅してどこにもないはずだろ!?

シードゥルの震える指の先を追うと、そこにあったのは生い茂る木に生る真っ赤な実……。

「リンゴ？」

そうリンゴ。

俺にとっては何の変哲もない果物。

「これがアンブローシアだっていうの？　俺の故郷じゃリンゴっていうものなんだけど？」

「間違いないですわ！　アンブローシアの特徴は、旅立つ前にお父様からしっかり聞いておりましたの！」

それ早く言えよ。

しかし、こっちの世界で滅び去った植物が、前の世界で別の名前で繁栄しているとは。

そんなことがあり得るのか？

「リンゴの木ならダンジョン果樹園にたくさん生えているし、実も毎日のように食べられてるよ。これも……」

リンゴのよく熟れているものを一つもぎ取り、手拭いで拭く。

「お一つどうぞ」

「ええ――ッ!? でもお父様に献上しなければならない大切な実を……!?」

「他にもたくさん生ってるから大丈夫ですよー」

シードゥルは、しばらく目を泳がせて躊躇《ちゅうちょ》の表情を見せていたが、やがて意を決してシャクリ。

なんかイブに禁断の実を食べさせた蛇の気分になってしまった。

「美味《おい》しいわ!! さすがお父様が試練に選ぶだけはあるわ!」

家に帰ったらアップルパイも焼いてあげよう。

「なんと言うことでしょう! アンブローシアを育ててくれるどころか既にあったなんて! さすがお姉さまのご主人ですわ。……で、あの……!」

「好きなだけお持ち帰りください」

「ありがとうございます! この御恩は忘れませんわ! いずれ必ずお礼に……!」

今にもドラゴンに戻って飛び立たんばかりの勢いのシードゥルだった。

……が。

「ちょっと待て」

それを冷静な声で止める者がいた。

シードゥルの姉、ウチでお馴染《なじ》みのドラゴン、ヴィールだ。

「これを持っていって、本当にアンブロージアだと認めてもらえるのか？」

「はい？」

ヴィールは、みずからの手にあるリンゴを眺めて言う。

「実際にはリンゴだろう？　アンブロージアと似てるだけの別種だ、と言われたら、そうでないことをどう証明するんだ？」

「あの……、その……!?」

「試練に失敗したら、その場で魔力と知性を奪われレッサードラゴンにされてしまうんだぞ？　『これで大丈夫かも』程度で戻ったら命とりなのだ」

どうしたんだろう？

ヴィールがいつになく真剣モードではないか？

「実は最近、噂《うわさ》を聞いてな……」

「噂？」

「父上は、本当は後継者を決めるつもりなど、ないんじゃないか？　と」

「どういうことですのお姉さま!?　新たなガイザードラゴンを決めるためにお父様は、わたくしたちに試練を課してるんじゃないんですの!?」

え？　何？

真面目な話？

「そもそも何故《なぜ》試練で後継者を決める必要がある？　父上の正統な後継者は、グラウグリンツドラゴンであるアレキサンダー兄上で本来決まりのはずだ」

「それは、アレキサンダーお兄様が、お父様と仲たがいしたから……！」

「老いた父上は既に、若く猛烈なアレキサンダー兄上に抗する力はない。だからおれたちを利用しているのではないか？」

「利用？」

「つまり、後継者選びと称しておれたちに試練を課し、試練を果たせなかった罰としてレッサードラゴンに変えて魔力を奪う。その魔力を蓄えて、アレキサンダー兄上に対抗する力を確保しようとしているのだ！」

「そんな、じゃあ試練も後継者選びも茶番だというのですか!?」

真面目そうな話に割り込む余地のない俺は、座ってお茶することにした。

「でもでも……ッ！　ならば何故わたくしたちに試練など課すのです!?　力が欲しいなら無理やり奪えば……!?」

「いかにガイザードラゴンといえども、他のドラゴンから無理やり力を奪うことなどできない。だから誓約の魔法を使ったのだ」

「誓約……!?」

「約束を交わし、約束を破った者に強制的に執行される呪いだ。それならば、罰則という名目でおれたちから力を抜き取ることができる。何も労することなく」

「試練というダミーで、わたくしたちの気づかぬうちに誓約を結ばせ、それを破ったという方便で力を奪い去る。それがお父様の真の目的……!?」

「そうだ。……と、いう風に……」

ヴィールは言った。

「……ウチの近所の死体モドキが推測してた」

「今までの全部受け売りだったのかよッッ!?」

よかった。

最後に全力ツッコミする役割が俺にもあった。

ヴィールにしてはやけに真面目な推論を展開するなと思ったら、先生の推論だったの!? ノーライフキングの先生の!?

さすが先生、よく考えていらっしゃるぅ!!

「ご主人様を通してあの死体モドキとも仲良くなったから、色々聞くことができたのだ。言われてみると思い当たる節が超あってな」

「たしかに、その論で行けば腑《ふ》に落ちることが山ほどありますし……。それが真実だとしたら仮に試練をクリアしても、難癖つけられて不合格になる可能性が滅茶苦茶《めちゃくちゃ》高い……!?」

「特にお前の試練なんて、その実を持っていってもツッコミどころだらけだろ。まず間違いなくレッサードラゴンにされるぞ」

「う……!?」

「ここはテキトーにはぐらかして、アレキサンダー兄上が動き出すのを待つのがベストなのだー」

脱力しながら言うヴィールだった。

よくわからんというか、あえてわかりたくないが、ドラゴンの世界も難しいんだなあ。

そして受け止めきれない真実を聞かされたシードゥルは、目を回しながら煩悶《はんもん》中。

「じゃ、じゃあお父様のところに帰ったら成果に拘《かかわ》らず不合格……？　でも戻らないとしてどこにいれば……!?」

色々思考の堂々巡りをした結果。

「わっ、わたくしもうしばらくお酒の中に入ってないとーッ!?」

と駆け去っていった。

酒瓶の中に引きこもることで結論を先送りにしようという考えなのだろう。

「その前にアップルパイ食べてきませんか？」

「わーい食べますー」

こうして我が農場の酒蔵に、また一人のドラゴンが住みつくようになった。

引きこもるようになったというか……。

いやしかし、たっぷりエキスを出して竜酒を完成させたとしても我々じゃ持て余すんですが？

船舶改造計画

春になって、さらに取り掛かりたいと思っていたこと。

船の改造。

冬の期間中、俺は船を建造した。

その船は一様の形を成し、処女航海も成功させたが、まだまだ真の意味で完成の域に達していない。

その理由一。

無駄なスペースが多い。

本来蒸気船として運営するはずだった本船の蒸気機関にノーライフキングの先生が魔法熱源を搭載してくれた。

よって本船は燃料の補給なくエターナルに航行し続ける魔法動力船と化してしまい、元々の燃料だった石炭を積み込むためのスペースが丸々宙に浮いてしまった。

同じような経緯をもった設備は他にもある。漁獲した魚を保存するための冷蔵庫。

しかしプラティのアイデアで、釣った魚は即刻転移魔法で農場の冷蔵庫に放り込むために、そもそも貯蔵する必要がなくなった。

よって船内冷蔵庫もお払い箱。

船内には、用途不明となったデッドスペースが多く発生してしまった。

これに上手《うま》いこと新しい役割を与えて、我が船をグレードアップさせていきたい。

次に我が船が未完成な理由……。

……その二。

装飾が極めて少ない。

っていうか皆無。

俺のギフト『至高の担い手』は、作ろうと思えばどんなものでもセミオートで作れてしまう奇跡の手。

この魔法蒸気船が造れたのも『至高の担い手』による功績が大なのだが、そんな全能能力にも弱点はある。

芸術的な分野にまったく効果を発揮できないのだ。

たとえば創作的な絵画、彫刻。無理。

筆を持ったとしても感動的な大作小説を書けるわけでもない。

そういった、見る人によって何が最高か異なる芸術品は、『至高の担い手』にとって不得意分野であるらしい。

……単に俺のセンスが壊滅的なだけかもしれないが。

そのため我が船も、本来あるべき装飾的な要素がまったくない。

船首の女神像とか、欄干の緻密な彫り物とか、ない。

船体に塗装すら施していない。

建造中は、漁を実行して鰹節《かつおぶし》の材料になりうる魚を獲《と》ってくることが第一だったため、そこまで気が回らなかったが……。

いざその目的を果たすと、そのあまりにもな飾りっけのなさが気になってきた。

船内の改造と共に、外装にも凝りたいものだなあ。

「……しかし、外装の方は誰か他の人に任せないとな」

だって俺自身、そっちの分野が絶望的だと分析したばかりだ。

これぱかりは他人任せにしなければどうにもならない。

内装のことはひとまず置くとして、外装を誰にお願いするか、考えなければなるまい。

「エルフの中の誰かでいいんじゃないの？」

とりあえず我が妻プラティに相談してみた。

妊娠初期の微妙な時期だが、その英邁《えいまい》さは陰りがない。

よって相談役には最適。

「ウチのそういう部門ってエルフたちの担当でしょう。彼女たちの中から適性ありそうなのを五、六人見繕ってくれれば？」

俺もそれは考えた。

ただね。

エルフチームのリーダー格であるエルロンが最近ね……。

――『船の装飾？　飾りつけなど何故《なぜ》しなければならないのだ？　飾るという行為自体が真の美から遠ざかるだけ。日夜、皿を焼き続けて私がたどり着いた美の極致とは、自然の美に勝る美はないということだ。人が作為をもって作り出す美など、自然の美に比べれば気取った小細工に過ぎん。飾るという行為は、それ自体が作為だ。自然は飾らなくとも美しい。飾れば飾るほど自然の美から遠ざかる。美の探究とは、小細工に過ぎない人の手による美を、いかに自然の美に近づけるか創意工夫することを言うのだ。だから飾りなど極力排し、人の手による大胆な造作と、偶然から生まれる色付けが鬩《せめ》ぎ合って二つとない究極の美が生まれる瞬間が……!!』

……………皿の焼き過ぎで厄介なアート意識に目覚めてしまった。

なので頼めない。

「そもそもエルフは、手に収まる小物類の製作が得意分野だから……」

さすがに船なんて大建造物の加工は職務範囲外だろう。

となると……。

ウチの農場で他にできそうな人材の心当たりがない。

バティは服飾で創作的な才能を発揮しているけど、大工仕事はできないだろうし。

オークボたちはもはや大工仕事プロ級だけど、芸術性のある仕事はちょっと。

「……外注するしかないか」

とすると誰に頼もう？

やはり魔王さん辺りからテキトーに人材紹介してもらうのが無難かな。

魔族商人のシャクスさんに頼むと大きな借りになって怖いし。

「……」

「あれ？　バッカスどうしたの？」

気づいたら酒神バッカスがすぐ隣に立っていた。

何だか難しそうな表情をしているのが謎。

「その人材に心当たりがあるのだが……」

「え？　本当？」

というか聞くとはなしに聞かれていたか……。

船の装飾を請け負ってくれる業者さんに、数千年の時を生き抜く酒の神の推薦。

信用できるんじゃない？

「連れてきてもいいか？」

「うん、いいよいいよ。バッカスが連れてくる人なら問題ないでしょ。……で、なんでさっきから微苦笑してるの？」

「いや……、まあ、腕はたしかなのだ。何せ世界一のモノ作り種族だから、建築も得意だろうし。……でもなあ、情熱が却《かえ》ってアダになるというか……！」

バッカスにしては珍しい、奥歯にものが挟まったかのような素振りだった。

まあ、とにかく連れて来てみたらいいんじゃない？

＊　＊　＊

バッカスが連れてきたのは、ドワーフだった。

以前、お酒の蒸留器作りを依頼したという人か。

たしかにあの蒸留器は出来が良かったし、任せて大丈夫、という実感は湧くが……。

「…………ッッ！」

実際にドワーフの親方という方に来てもらい、船の現物を見てもらった。

プロのドワーフさんに、素人造りの我が船をお見せするのは恥ずかしくもあるんですが……。

細かい部分のツッコミはナシにしてくださいよ？

しかし、ドワーフさんは一目船を見てから少しも身じろがず、動きを止めていた。

「……あの？」

あまりに動かないドワーフさんなので、気になって声をかけてみるも、動かない。

動かないどころか、呼吸してない？

「死んでるうううううう――――――ッ!?」

ドワーフさん、立ったまま死亡していた。

何故？

大急ぎでダンジョンから先生を呼んで、術で魂を戻してもらった。

もう少し遅れてたら蘇生《そせい》不可能だった。

『反魂の術は、魂が冥府に渡ったり肉体が損壊しすぎると効き目がなくなりますからのう』

先生、本当に御足労すみません。

なんでいきなり死んだのドワーフ？

問いただしてみると、総マナメタル製の船なんかが存在していること自体に、事実を受け止めきれなかったらしい。

驚愕《きょうがく》と感動で心臓が止まったそうな。

だ……、大丈夫なのこの人？

仕事任せて大丈夫？

あのバッカスが、酸っぱい顔で躊躇《ちゅうちょ》する理由が俺にもやっとわかった。

このまま船の装飾をお願いしても、何度心臓発作で死なれるかわかったものじゃないから、バッドエンドを避けるためにも仕事は別の方にお願いして……。

「待ってくれ！」

いきなりドワーフの人に縋《すが》りつかれた。

「この仕事は！　この仕事は是非ともワシにやらせてくれ！　こんな膨大なマナメタルの加工！　ワシの生涯最高の仕事になる！　この仕事を逃したらワシは一生後悔するうううううううッッ!!　後悔しすぎて死んでしまううううッ!!」

仕事頼んでも死ぬし頼まなくても死ぬの!?

厄介な人に申し込んじゃったなあ……。

少なくとも仕事を任せれば死んだとしても最悪成仏はできるだろうということで、任せることにした。

ドワーフさんは天にも昇るように喜び、早速そのまま昇天しそうになっていた。

はなはだ先行きが不安になってきた。

＊　＊　＊

とにかく作業は始まり、ドワーフの親方は本拠から数人の助手を呼び寄せ、我が船を見栄えよくするための装飾加工に乗り出した。

もう一つの懸念だった船内の改造について。こっちは俺自身でやろうかなと思っていたんだが、ドワーフたちが強硬に乗り出し……。

「そっちも！　そっちも是非ともワシらにやらせてくれ!!」

「追加料金とか取りませんから！　この素晴らしい船の製造に関われること自体が幸せ！」

と、押し切られて結局全部任せることになってしまった。

さて。

どんな船に出来上がるのやら……？

ドワーフの憂鬱

ワシはドワーフ地下帝国の親方エドワード。

あれ以来まったく仕事が手につかない。

あれ以来とはどれ以来かというと、あれだ。

マナメタルだ。

あの胡散臭《うさんくさ》いバッカスが持ってきた大量のインゴット。

紛れもないマナメタルのインゴット。

小指の先程度の塊でも、持ち帰れば一生遊んで暮らせるとまで言われているマナメタルを、あんなにたくさんどこから持ってきたんだ!?

そのことが気になって何も身に入らない。

仕事中ぼんやり鎚《つち》を振るって、間違えて自分の指に直撃して骨粉砕みたいなことを毎日やっている。

それもこれも、あの大量のマナメタルを目にしただけでなく、実際にこの手で加工してしまったことが原因だ。

この手に、大量のマナメタルを加工した時の感触が染みついて離れないのだ。

ワシらドワーフ職人にとって金属を打ち鍛える手応えは、上物を作り出すための大事な指針。

だからいつまでも手が覚えている。

あのマナメタル製の蒸留器を作り上げた時のことも。

あの熱く、剛健で、それでいて羽毛を触るような心地よさもある手触り。

あれ以来ワシは完全にマナメタルに魅入られていた。

あの時は、クライアントの指示通りに蒸留器をきっちり作ったが、あの大量のマナメタルで自分の好きなものを自由に作りだせたら、どんなに至福だろうか。

想像するだけで昇天しそう。

しかし妄想から醒《さ》めるたびワシは落胆に襲われるのだ。

もう一度……、マナメタルを使う仕事に携われないだろうか……？

そう思うたびワシはため息を吐き出すのだった。

＊　＊　＊

「なあ、テメエら……」

取り巻きの若いドワーフに尋ねることもあった。

「テメエら、好きなだけマナメタル使っていいって言われたら、マナメタルで何作りたい？」

「どうしたんです親方いきなり？」

まあ、変な質問をしたら不審がられるのも仕方ないか。

「ちょっとした戯れよ。特に意味はないから思ったことをそのまま言ってみな」

「変な親方ッスねえ。……う～ん、マナメタルでしょう？　そんな超高級品……」

子分ドワーフは真面目に考えて……。

「……ゆ、指輪？」

「小さい!!」

好きなだけ使っていいって言っただろうが！

所詮想像の中のことなんだから、現実に縛られず大胆に考えろよ！

すると別の子分ドワーフがみずから名乗り出た。

「じゃあ親方！　剣なんてどうッスかね!?」

「剣……!?」

「ただの剣じゃないッス！　盾なしで、両手使って振るうツーハンドソードッス！　デカくて重くなる分、鉱物もたくさん使うッスよおおお!!」

ツーハンドソード。

それはいいな。

剣は何より祭器としても珍重され、ワシらドワーフの腕の見せ所となる武器。そのため大量の鉱物を費やす。

両手剣とは、大胆な発想だ。

「ハッ、お前らまだまだ考えることが小さいぜ？」

お？

なんだまた新たな子分ドワーフが立候補してきたぞ？

「オレならマナメタルを使ってもっとドデカいものを作るね。そう、オレが作るのは、………全身鎧《よろい》だ!!」

「「「全身鎧!?」」」

全身をマナメタルで覆うって言うのか!?

そんなのどれだけのマナメタルが必要だって言うんだよ!?

今までの案で、ダントツに多くの素材が必要になるのは明白だ。こないだ酒神が持ってきたインゴットの量でも足りるかどうか……。

足りるか。

「恐れ入ったぞ子分その三。お前の考えが一番大きい！」

「あざっす！」

そうだな、ドワーフたる者、本職である鍛冶に関しては稀有《けう》壮大であらねば！

ワシも夢見続けるぞ、いつか贅沢《ぜいたく》の限りを尽くして作り出してやるのだ自分の手で！

マナメタルの剣！　マナメタルの盾！　マナメタルの鎧！

伝説の武具になりうる三点セットを、いつの日かこの手で!!

「親方ぁー、お客さんですよー」

「何ぃッ!?　誰だ!?」

「こないだ来た胡散臭そうなヤツですー」

間違いないバッカスだ!!

＊　＊　＊

バッカスは、こないだの仕事の礼と称し、新作の酒を多種多様に持ち込んできた。

「どうしたのだ……、そんなガッカリそうな表情をして？」

バッカスに指摘された。

え？　そんな表情してましたか、すみませんねえ？

いや、嬉《うれ》しいですよ。ドワーフお酒も大好きですもん。

酒の神が鋭意を込めて造った酒なら美味《うま》いに決まってるし。酒好きドワーフ大喜び！

……まあ、お土産にマナメタル持ってくる道理もないしねえ。

「……早速味見でもさせてもらうか」

「それ酢だぞ」

「酸っぱッ!?」

「酒を元にした調味料だ。せっかくなので他の酒と一緒に持ってきた」

くそう！　こんなたくさん種類のある酒の中にトラップが隠されていたとは！

それならマナメタルだって交ぜてあってもいいとは思いませんか!?

「……それでだな、今日は土産の酒の他に、もう一つ用件があって来た」

「？」

「また新しく仕事を頼みたいのだ」

!?

それって、まさかまたマナメタルの加工に関わるお仕事!?

「船造りなんだがな」

ふしゅ～～。

と、我が心の中で期待の風船がみるみるしぼんでいく絵が見えた。

船ぇ？

船ってあれでしょう？　大体木造でしょう？

マナメタルの関わる余地がないじゃない。それだけでモチベーション著しく下がった。

まあ、ドワーフはさ？　鍛冶も得意だが建築も得意よ？

地下帝国に住んでて海とは馴染《なじみ》がないと言っても、船ぐらい魔族や人族以上のものを築き上げる自信があるよ？

「いや、一から造らずともいいのだ。既に完成しているものが一隻あってな。ただ外装の飾り付けがどうにも上手《うま》くいかず、ここはプロの手を借りたいとなってな」

ああ？

どうせ素人造りの船でしょう？　一からウチらでやった方が出来がいいし早いんじゃない？

しかしまあ、他ならぬ神様仲介の仕事ならやらんわけにはいかんでしょうよ。

ヤツのくれる酒は美味しいしな。

……あともしかしたら、報酬にマナメタルが含まれることも、あるかもだし。

＊　＊　＊

こうしてワシは、船造りの仕事を引き受けることにした。

ほぼ完成したものに装飾だけ施してほしいという、何とも奇妙な依頼ではあるが、まあモノ作りの仕事ならばなんでも完璧にこなすのがドワーフの誇り。

まずは、現物を見せてもらおうと現地に向かう。

転移魔法なんてハイカラなものを使いやがって、一瞬で到着したぜ。

出迎えたのが、そこの主とかいう何ともヒョロ細い男だった。

こんなのが主だなんて大丈夫かよ?

まさか船って、釣り船の飾りつけでもさせるんじゃあるまいな?

俄《にわ》かに不安になってきた。

ともかく現物を見せてもらうことにした。

見た。

想像以上に大きな船だった。

魔族なぞの戦艦に匹敵する大きさなんじゃない!?

いや、何よりも……。

その巨大船の外装に使われているのが……。

「マナメタルうううううううううううううッッッ!?!?!?!?」

なんでッッ!?

なんでマナメタルが船の材質に!?

ああもうわかんない何から疑問にしていいのかからわからない。なんで? なんで? なんで!?

OK、少しずつ整理していこう。

まず船の材質に金属使ってるところからマジわかんない!

一番基本だよね、そこ。

金属なんか水に沈むじゃん。

なのに、この船はちゃんと浮かんでおる。

金属なのに浮かぶ船、何これ？　ナニコレナニコレナニコレッ!?

いや待て落ち着け！

驚くべきところはまだたくさんある！

ここでこんなに興奮していたら最後までもたんぞ！

いいか……、何より驚くべきは……！

この船に使われている金属が間違いなくマナメタルうううううううううううううッッ!?

なんでッ!?

贅沢とかそんな次元を遥《はる》かに超えておりますぞ!?

こんな巨大船を丸ごと構成するマナメタルの総量なんて……!?

どれだけですのん!?

全身鎧が軽く数百は作れるんじゃないですか!?

ワシの生涯を掛けた夢……、目標の数百個分……！

それがこの船……。

すご……、すごすごすごすごすごすご……！

ああ呼吸が……！

呼吸ってどうやるんだっけ……？

「…………」

「ん？」

「…………」

「し、死んでるッ!?」

＊　＊　＊

ワシがどうやって冥府から戻ってこられたのかわからない。

しかしワシは全力でこの仕事を引き受けることにした。

マナメタルで出来た船に多少なりとも関われるなら、ドワーフ冥利に尽きまする!!

え？　作業中ぽっくり逝きそうだからダメ？

逝かないように全身全霊頑張りますので！

どうか!!

ダメなら今すぐ憤死しますよ!!

俺ですが。

ウチの農場にドワーフが出入りするようになって数週間。

作業は、最初に来てくれたドワーフさん一人だけではどうしようもないので、彼が棟梁《とうりょう》となって何十人もの応援を指揮して行われる。

作業期間中の彼らの食事宿泊はこっち持ち。

わざわざドワーフの国から通勤してもらうのも大変なので作業中はこちらに住み込んでもらうことにした。

オークボたちが簡易的に宿泊所を建設し、日々の食事を運んで働いてもらう。

ドワーフたちは農場での出来事に驚き通しだった。

まず、オークやゴブリンたちが持っている斧《おの》や鎌などの農具。

すべてマナメタル製であることに驚いていた。

次に俺が作る料理は、……その美味《うま》さに驚いてくださってたのは光栄であるが、それ以上に台所を見て驚かれた。

フライパンやなべなどの調理器具が全部マナメタル製であるかららしい。

「なんでこんなふんだんにマナメタルがあああああああああッッ!?」

「溢《あふ》れかえってるうううッッ!? 溢れかえりすぎて日常使いされてるううううううううッッ!?」

「なんで農具や調理器具にいいいいいッッ!? もっとあるでしょう他に用途が!?」

「武器とか、防具とかああああッッ!?」

親方だけでなく、他のドワーフまで衝撃で昇天しかけていた。

あんまり一度に死なないでください、さすがの先生でも手が回らなくなりますから。

その他、金剛カイコから作られた金剛絹でも驚き、オークボたちがダンジョンから持ち帰ってくるモンスター素材で驚き、ポーエルが作るガラス細工の透明さに驚いていた。

そのたびに先生が救急出動して大変だった。

そうしてピンチと苦難の果てに（船造り自体には全然関わらないピンチや苦難だった気がするが）、ついにドワーフたちの工事が完成。

俺の船は、一体どのように生まれ変わったのか!?

＊　＊　＊

ドワーフたちが口々に

「見てください！　これが!!」

「我らドワーフの技術力を結集して仕上げました！」

「究極の機能美と造形美を併せ持った神の船！」

「名付けてヘルキルケ号です!!」

勝手に名前つけられてるぅ～……。

まあ、たしかに俺は名前つけなかったけど。

やっぱいるもんなんですかねえ船名？

「まずは外観をご覧ください！」

「クライアントからのご注文通り、我らの全力をもって先鋭的なデザインに仕上げさせていただきました」

「流行におもねることもなかったので、時間が経《た》ってズレた印象が出ることもありません！　ケバケバしすぎず地味すぎず、重厚な印象となることを心がけました！」

「まさに王者が乗るに相応《ふさわ》しい船！」

いや、俺は王者じゃないけれど。

改装された船は、なるほどドワーフたちの腕を振るった跡がありありと見受けられて、まるで別物のようだった。

どのように例えればいいだろう？

俺が完成させたばかりの船を仮面ラ◯ダーとしたら。

ドワーフたちが改造した現在の船は話が進んで強化フォームになった状態？

わかりづらいか。

とにかく地味なのが派手になったと考えてもらえればいい。

しかもただ派手になったのではなく、上品で趣のある派手さだ。

これはドワーフ当人らの主張通り、飾りつけにも細心の注意が払われているゆえだろう。

ドワーフによる解説が続く。

「まず船首を御覧《ごろう》じろ！　そこにはお馴染《なじ》み船首像を取りつけてみましたぞ！」

おお。

船の一番前に付いてる彫像か。

俺が思い浮かべた通りの美しい女神像が取りつけてある。

まるで船の運航を導くかのように。

「ん？　でもあの像、どこか見覚えがあるような……？」

「さすがよく気づかれたな！　何を隠そうあの船首像、奥方をモデルに作らせていただいた！」

奥方？

つまりプラティか!?

プラティをモデルにした女神像か!?

「えぇぇ～？　なんかモデルになってくれって言われてぇ、引き受けはしたけどぉ、まさかあんな目立つところに飾られるなんてぇ」

プラティもまんざらじゃなさそうで体をクネクネさせていた。

まあ、プラティは人魚の王女だし、海難除《よ》けの呪いとしても普通に効果がありそうだな。

「船首船尾には特に重厚な彫刻を施し、一級品であることをアピールしたぞ！　さらに船体側面には、この農場の紋章を刻ませてもらった!!」

「農場の紋章？」

そんなのあったっけ？

「我々でデザインした!!」

「ああ……」

なんかこう、色々なことが俺の知らない間に決まっていく。

「本当はマストに描くのが通例なんだけどな紋章！　でもこの船にはマストがないから!!」

「凄《すご》いですよねーッ!!　マストがないのに進む船！　みずから動力を発生させる船なんてサイコーです！」

「オレらドワーフには魔法の素養がないから、こういう技術ではどうしても魔族に負けるぜ！　でも今回、魔法動力船に直《じか》に触れて幸せっすわー!!」

「これから先、こんないい仕事はもうないッスよ!!」

「神です！　この船を造った人は造形神へパイストスか何かです!!」

いやぁー。

この船造ったの俺なんですけど。

そこまで高く評価してくださると照れますなあ。

「次は、内装の出来栄えを説明させていただこう。ささ、遠慮せず中に」

だからこの船、俺が造ったんだけど？

なんでドワーフさんたちの方が、客を招く家主みたいになってるの？

「まず、用途の定まらない船内空きスペースを有効活用したいという要望を取り入れ、我らドワーフのノウハウをフル活用して理想の船装計画を提案させてもらった」

「はいはい」

「まず、船底では駆動機関の騒音や熱で快適性が損なわれるので、快適な居住区画として船楼を築かせてもらった」

は？

「ははははは！　安心せい安心せい！　加重量でバランスを失うなんてヘマを我らドワーフがするわけなかろう！　この船の魔法動力炉は相当な余力を持っておるからな、今の船重量の倍加重しても大丈夫じゃ!!」

いや、そういうことを心配しているんじゃなく……。

「まず船長室！　我がドワーフ地下帝国が誇る最高の調度品を持ち込み、貴賓室としての機能も備えておるぞ！　ここで重大な条約の調印式だって執り行えよう！」

「調印式？」

そんなんする予定ないんですけど？

「客室は、全二十室を完備！　いずれも魔都の一等旅館を意識した内装にしてみたぞ！」

「船底部の空きスペースには、調理場、浴室、トイレ、遊戯室など、あらゆるものを追加！」

「おかげで地上におるのと変わりない快適性を実現できるぞ！　これこそ、聖者の神業に我らドワーフの技術力が組み合わさった結晶じゃあ！」

「これ以上に最高の豪華客船は、世界中どこを探しても見つかるはずがありません!!」

………………。

んん。

彼らドワーフが最高の仕事をしてくれたことはわかった。

なるほど豪勢だし、綺麗《きれい》だし、機能的だし、快適だ。

しかし、ただ今のドワーフの言葉が引っ掛かった。

今なんつった？

豪華客船っつった？

「あの……」

「いやー、これ以上の仕事はやれって言われても多分できない。生涯最高の仕事をさせてもらった！……ん？　何かな？」

「この船、客船じゃなくて漁船なんですけど」

「ん!?」

言ってなかったっけ？

遠海に出て、たくさんの魚を獲《と》るための船だって。

どうも途中からちぐはぐな感じがしていたんだが、ドワーフがこの船を、要人でも乗せて世界各国に威容を見せつける豪華客船だと勘違いしていたらしい。

「だからこその仕上がりなのか……?」

どうしたものか。

漁船としての機能性はミリも上がっていないじゃないか。

「いいんじゃない？　この船でも釣りしたり網引いたりするのは普通にできそうだし」

とプラティ。

「獲った魚の扱いは魔法のサポートで充分だって前回の漁で証明されたし、漁に出てる間も快適な部屋に寝泊まりできて悪いことじゃないでしょう?」

そうだな、プラティの言う通りだ。

我が農場の漁船、ヘルキルケ号（命名ドワーフたち）……。

ここに完成!!

「待ってえええええええええッッ!?」

「こんな素晴らしい船が！　世界に二つとない機能と優美さを兼ね備えた船がただの漁船なんてええッ!!」

「ご無体すぎますうううう！　せめて！　せめてこの船で世界一周でもおおおおおおッ!!」

「世界の果てまで行けるんですよコイツならああああああッッ!!」

なんかドワーフらから一斉に縋《すが》りつかれたけれど、漁船だって立派な船でしょう？

大丈夫大丈夫。

皆さんはいい仕事をなさいましたよ。

今からしばらく人魚たちの話だ。

冬が開けて春。

彼女たちのチームにも変化が訪れていた。

＊　＊　＊

「綺麗《きれい》な尾びれ……！」

エンゼルは、我が妻プラティの妹で、だから人魚国の第二王女らしい。

「ついに抜けきったわ！　失敗陸人《おかびと》化薬の副作用！　完全な人魚の姿に戻ることができたわ!!」

「やったー！」

「これで海に帰れるー！」

「一時はホントもーダメかと!!」

我が農場近辺の海岸ではしゃぎ泳ぎ回る何人か。

エンゼル一人だけではなく、彼女と共に来た少女人魚たちもいた。

数ヶ月ぶりに取り戻した人魚の尾びれで、浅瀬をスイスイ泳いでいた。

久々の人魚としての感覚をたしかめ直すかのように。

「いやー、解毒にここまで時間かかるなんて思わんかったわー……」

砂浜に立ってため息をつくのは我が妻プラティ（妊娠中）。

彼女の妹であるエンゼルとその一団が農場にやってきたのは、冬が訪れる前のこと。

若さ特有の暴走ぶりで強襲を掛けてきた彼女たちだが、経験も実力も遥《はる》か格上の姉プラティたちによって惨敗。

しかも、人魚が陸に上がるために必要な変身薬を自作したことが仇《あだ》になり、未熟な腕で調合失敗した薬は彼女ら自身に甚大な副作用をもたらす。

人間から人魚の姿に戻ろうとすると、下半身が藻やらタコやらフジツボやらわけのわからない形に変容してしまう。

その副作用が抜けきるまで我が農場に留《とど》まる他なかった彼女たちであった。

しかしそれも今日を限り。

時間と、プラティ始めとした先輩人魚たちの多大な尽力によって失敗薬の効果は克服され……。

少女人魚たち、海にカムバック!!

「ついにアタシたちは、海に戻るのよ！　この海はアタシたちのモノよー！」

そこまではない。

何故《なぜ》若いとここまで自信過剰になれるのか。

「……さて、見ての通り、アンタたちの薬抜きも一様の成果を得ました」

プラティが脱力気味に言う。

ちなみに、同じ人魚族のプラティだが彼女のみ人間形態のまま砂浜に立っている。

妊娠中の彼女は、お腹《なか》の子への影響を考えて出産まで姿を変えないとのこと。

「なので、そろそろ帰りなさい」

「「「「ええエッッ!?」」」」

その一言に少女人魚たち、予想外とばかりに狼狽《うろた》える。

「なんで驚いてるのよ？　そういう約束だったでしょ？　ウチのバカ妹が拵《こしら》えたトンチンカン魔法薬で海に帰れなくなったので、仕方なく我が家に置いてあげてたんでしょう？」

薬の効果が消え、海に帰れるようになった以上ここに置いておく理由は、ない。

「ちょっと！　ちょっと待っておくんなませ!!」

「私たちは、まだここにいたいです！」

「美味《おい》しいごはん、ずっと食べていたい!!」

「ではなく！　ここで学びたいことがたくさんあります!!」

エンゼルの取り巻き人魚たちが一斉に縋《すが》りついてくる。

ディスカス、ベールテール、ヘッケリィ、バトラクス。

だっけ？

人魚姿に戻った彼女らが、砂浜にいるプラティに縋りつくわけだから、打ち上げられた魚みたいにビッチビチしてるけど。

「私たちには！　私たちには使命があるはずです!!」

「いかにも！　パッファ姉様やガラ・ルファ姉様をお手伝いするという大事な使命が!!」

うむ。

去年辺りから、人魚チームの人手不足問題が再び表面化してきたからな。

原因は、需要の増加だったり担当職務の多様化だったり色々あるけれど。

解決アプローチとして、この少女人魚たちを鍛え上げる。それが、彼女たちが農場に住んでいるもう一つの理由でもあった。

プラティが、また『ハア』とため息をつく。

「……その議論が出た時にも言ったけど、アタシは反対なの。まだ学生のアンタたちは、しっかり人魚国の魔法薬学校で、しっかりと学び倒すべきなの」

「勉強ならここでもできます！」

「むしろここにいる方が、よっぽどいい勉強になります!!」

「そうです！　狂乱六魔女傑の面々から直《じか》に指導を受けられるのですから！」

あっ。

勢い余って人魚少女たち、地雷ワードを踏んでしまった。

「きてはあ！」

「「「「ぎゃーッ!?」」」」

怒り炸裂《さくれつ》プラティの気迫で、恐れをなした人魚少女たちドプンドプンと海に逃げ潜る。

「その名前で呼ぶなっつったでしょうがあ！　痛々しいでしょう!!」

狂乱六魔女傑。

それは人魚界を代表する屈強の魔女に贈られた呼び名。

魔女とは人魚の、天才的魔法薬師に贈られる称号。

我が妻プラティもその一人に入っているらしいが、狂乱なんたらの呼ばれ方を極度に嫌っている。

『狂乱六魔女傑』というワードにこもった中二臭さが痛々しいんだそうだ。

話が逸《そ》れた。

本題は、元の人魚の姿に戻れるようになった少女らを、海に還《かえ》すか否か？　だ。

「アタシは帰らないわ」

少女人魚のリーダー格として、一人神妙にしていたエンゼルが言う。

プラティの妹として。

「アタシがここに来た目的は、お姉ちゃんを超えること。それを果たさずして人魚国に帰るなんてありえない！」

「ここで食べるごはんが美味しすぎて、もう離れられない!!」

「本音は?」

素直でよろしい。

「帰れなんて言わないでよお姉ちゃぁああん! 生姜《しょうが》焼き美味しい! お味噌汁《みそしる》美味しい! アタシずっとここでお姉ちゃんと暮らすのおおおお!!」

そしてやっぱり、魚の下半身でビッチビチ言わせながらプラティに縋りついてきた。

「ええい! やめんか!! なんで嫁に出てまでアンタと一緒に暮らさなきゃいけないのよ!?」

それに対する姉の拒絶が容赦ない。

見ていられないので、やむなく俺が仲裁役を買って出ることにする。

「まあまあ、彼女たちが今や農場の貴重な戦力であることはたしかなんだし……。今彼女らに抜けられると正直困るよ?」

農場に新人として配属された少女人魚たちは、今では先輩人魚たちの助手として目覚ましい働きぶりを見せている。

発酵部門及び食品冷蔵部門の責任者パッファ。

医療担当のガラ・ルファ。

我が農場の欠くべからざる部分を支える二人だが、彼女らの働きも新たに得たアシスタントに支えられている事実は動かしがたい。

そこのところ、パッファがこの場にいてくれたら率先して反論してくれるところであろうが、彼女は今アロワナ王子の修行の旅にラブラブ同行中で不在なのである。

「ううむ、そこを突かれると痛いところよね」

「だっしょう!?」

「我々にも生きる権利を!!」

畳みかけに来る少女人魚たち。

しかしそこは『王冠の魔女』とも呼び讃《たた》えられる我が妻プラティ。小娘数人程度に押し切られる彼女ではない。

「でもダメ」

「えー!?」

「アナタたち、学校や親御さんに無断で来たでしょう？　それでやむなくウチに長期滞在して、家の人がどれだけ心配しているか考えられないの？」

プラティにしては真っ当なことを言う。

「アタシもね、ここに新しい命が宿るようになって、やっとわかるようになってきたのよ。子を心配する親の気持ちというものを……」

みずからの腹部を撫《な》でさすって、命の存在をたしかめるプラティ。

その表情には、今まででは絶対に見られなかった神聖さが浮かんでいた。

「うおおおお……！　説得力が半端ない……！」

「たしかに、お父さんお母さん心配してるだろうなあ……！」

「ヘンドラーさんに事情を説明してもらっているとはいえ……！」

人魚少女たちも、母のオーラまで備えたプラティに抗する術《すべ》がなかった。

故郷の母の顔を思い出して、胸を痛めている。

「お姉ちゃんめ、まだ進化するというの……!?」

「女には劇的に変化する時期がいくつかあるものよ。アンタはそのどれにもまだ到達してないけどね？」

フフンとする表情に、やっぱりプラティあんま成長してないなと思った。

「それらを含めて、妥協案を出すことにしましょう」

「「「「妥協案？」」」」

「人魚の姿に戻れたのがいい機会よ。まずはアンタたち、四の五の言わずに一回家に帰りなさい」

さらにプラティは続ける。

「そしてアナタたち自身で、ウチに住み込む許可を取ってくるのよ。親御さんからね」

それが、少女人魚たちが正式に農場へ住み込む最低条件。

たしかに俺もそれには賛成だ。

彼女たちも、まだ大人一歩手前の少女。可愛《かわい》い子には旅をさせよという格言が浮かぶ反面、心配する親の気持ちも、もうすぐ親となる俺自身酷《ひど》く共感してしまうのだ。

「……わかったわ。そういうことなら受けて立ちましょう」

エンゼルが厳かに言った。何故か。

「必ずパパママの許可を取って、この農場に舞い戻ってくるわ。アタシを甘く見ないことねお姉ちゃん!!」

「いいでしょう、お手並み拝見といかせてもらうわ」

なんでこの姉妹はことあるごとに決闘ムードを醸し出すのだろう?

「……あぁ、あと」

「?」

「もう一つ付け加えるわ。学校からも許可貰《もら》ってきなさいね」

「!?」

何故かその要求にエンゼルの表情が凍った。何故か。

「え?　学校からも?　許可貰わないとダメ?」

「そりゃそうでしょう。アンタたち学生なんだから」

「どうしても?」

「どうしてもに決まって……。ああ、まあ物怖《ものお》じする気持ちはわかるけど……!」

何故かプラティまで一緒になって重いため息をついた。

え？　何？
どういうこと？
プラティたちの言う学校とは、彼女らの故郷、人魚国最高峰の薬学魔法を教える学校。
マーメイドウィッチアカデミア。
である。

人魚の女学校

わらわこそ『アビスの魔女』ゾス・サイラじゃ。

わらわは今、人魚国の首都、人魚宮に来ておる。

なんで？

それは農場の連中から預かった小娘どもを引率してきたからじゃ。尻びれの青魚な、おぼこい稚魚娘どもをな。

なんかコイツらが里帰りするとか言うので。子どもだけだと不安じゃろうと。

なんで？

なんで『アビスの魔女』たるわらわが、そんな慈善めいたことを？

わらわ自身が心底納得しておらぬ。

これにはしっかりとした、やむなき理由があるはずじゃ。

そうまずは、いつも通りオークボに会うため聖者の農場を訪れた時のこと。

そのタイミングが悪かった。

これが最初の、もっとも大きな理由であるはずじゃ。

そこで『王冠の魔女』の小娘から言われたのじゃ。

＊　＊　＊

「ねえ、ウチの妹たちが里帰りするのよ。アナタ引率して」

「なんでじゃ？」

「いやー、不安要素が一つあってさあ？　あの子らだけじゃ荷が重い事態が起こりかねないのよ」

「何故《なぜ》わらわなんじゃ？」

「ウチの関係者人魚でアナタが一番暇じゃない？」

「暇ではないが？」

「正式にここの住人でもないくせにちょくちょく遊びに来るじゃない。アタシは妊娠中で海に潜れないし。パッファは醸造蔵の仕事とアロワナ兄さんとラブラブの掛け持ち。ガラ・ルファは住人全員の健康管理。ランプアイも何やかんや言って忙しいし……」

「わらわも暇ではないぞ？　自分の研究所で研究する合間を縫って来ておるんじゃぞ？」

「あと、ウチにいる先輩人魚って、祖国では囚人扱いって子たちばっかかなのよ。さすがに首都を大っぴらに歩かせるわけにはいかなくてさあ」

「わらわも思っくそお尋ね者なんじゃが？　捕まってるか、まだ捕まってないかの違いしかないんじゃが？　六魔女は全員そんなもんじゃろう？」

「よろしくね六魔女最年長」

＊　＊　＊

てな感じで押し切られた。
何なんじゃ？　あの有無を言わせぬ押しの強さは？
この『アビスの魔女』に、よりにもよって子守りを押し付けるとは。
ヒトの話を聞かないのは血統なのか!?
あっ、いや……。
まあ、そんなわけでわらわ、久方ぶりに人魚の都に足を踏み入れておる。
何年振りかの？
十年……も隔ててないと思うが。深く考えたら怖いので考えないことにした。
そして若さゆえに恐れを知らぬ小娘ども。
なんでも、あの農場に住まう正式な許可を得るための里帰りなんだとか。
まあ許可でもなんでも好きに取るがいいわ。
親に甘えられる年齢のうちに甘えておくがいい。
数日ほど、実家で寝泊まりしていた連中は、期日通りに集合してきた。

「許可取れました！」

「バッチリです!!」

「立派な魔女になって来いよって言われてきました！」

そか。

よかったの。

っていうか親御さん本当にいいのかえ？　娘さんが魔女になって？

「ほんなら用事は済んだの。さっさと農場へ戻ろうではないか」

そしてオークボに会いたい。

「待ってください！」

「むしろここからが本番なんです!!」

小娘どもから一斉に縋《すが》りつかれた。

ええい、一体何なんじゃ。

わらわを、他の若魔女どもと一緒にするな。わらわはあやつらほど過保護でもなければ面倒見がいいわけでもないんじゃ！

「むしろ親は前座というか！　四天王最弱とでも言うか！」

「ラスボスが控えてるんですううう！　どうかそこに至るまでご同行をおおお！」

「一緒にいてくれるだけでもいいんです！　心細いからあああ!!」

ラスボス？

何の話じゃ？

縋りつく四人とは一線を画し、ただ一人仁王立ちする人魚の小娘。

たしかヤツは『王冠の魔女』の妹じゃな？

ソイツが言った。

「アタシたちが通っている学校からも、許可を取って来いって言われたのよ。あの鬼姉に……！」

学校？

「そう、人魚国最高峰の魔法薬学師を養成するエリート学校。マーメイドウィッチアカデミアの!!」

言いつつ、『王冠の魔女』の妹の尾びれが小刻みに震えておった。

やっぱり怖いんじゃな。

＊　＊　＊

しかし。

マーメイドウィッチアカデミアとは大した名前が出てきおるわ。

名門校だからの。

人魚族が、他の人類に誇る薬学魔法。

それを若人に教える学校が人魚国には散在する。

その中で圧倒的な規模と学力を誇るのがマーメイドウィッチアカデミア。

人魚王家が直営しておるんじゃから、そりゃ名門になるわ。

入学を許されるのは、まず人魚王家の息女。それに準ずる貴族の娘。さらに人魚国全土から選抜された才媛たち。

『王冠の魔女』の妹ならば、その立場は人魚国の王女なんじゃから入学の資格は充分にある。

その取り巻きも、学《まな》び舎《や》でつるむようになった悪友と言ったところじゃろう。

なんじゃコイツら全員いいとこのお嬢様なのかえ？

元々気乗りせぬ仕事であったが、ますますどうでもよくなってきたの。

何故『アビスの魔女』たるわらわが、毛並みよい令嬢のケツ持ちなどしてやらねばならんのじゃ？

わらわが魔女と呼び恐れられているのは何故か？

わらわの研究が世界を滅ぼすものと危険視され、異端認定されたからじゃ。

そんなアウトローのわらわと、温室育ちのお嬢様など対極。

よくまあ組み合わせようと思ったものじゃ。

あー、なんかどうでもよくなってきた。

テキトーに同行するだけで、口出しせんでおこうかな。

あとで何か言われようと知ったことではないわ。

わらわは『アビスの魔女』。

魔女をすんなり信用する方が悪いんじゃーい。

＊　＊　＊

で。

やってきたぞ。

マーメイドウィッチアカデミア。

実のところ、アウトローのわらわは初めて足を踏み入れたんじゃが、想像通りに豪勢でイヤミったらしい建物じゃな。

なんかこの部屋で担当者と面談するらしい。

ドアの前で小娘どもが円陣を組み出した。

「いい？　アタシたちは試練を乗り越えて、必ず農場に帰るのよ！」

「「「ハイ！　エンゼル様！」」」

「正統五魔女聖！　ファイッ！」

「「「オー！」」」

「ファイッ!!」

「「「オー!!」」」

「ファンッ!!」

「「「タスティックッ!!」」」

なんでそんな気合い入れまくっとるんじゃ？

あとなんじゃ『正統五魔女聖』とかいうのは？　チーム名か？　恥ずかしいのう？

気合い新たにドアを開け、入室するヤツら。

「し、失礼しまひゅ……ッ!?」

噛《か》んだ。

そんなに緊張しておるのか？

室内は、名門校の一画というだけあってこれまた見事にイヤミったらしい整いっぷり。

そこに一人の人魚が待ち受けておった。

「お久しゅうございますわねエンゼル王女？　本来ならば私の授業を受けるために毎日顔を合わせているはずですが？」

言い方もイヤミったらしい。

まあ学校側から見ればこの五人、月単位で無断欠席をやらかしておるんで皮肉程度で抑えているだけでも優しいと言うべきじゃが。
それで……。
「……誰じゃ？」
このいかにも『腐ったミカン』とか言い出しそうな女人魚は？
人魚小娘の一人が、答えないわけにもいかないと思ったのか密《ひそ》かに耳打ちしてくる。
「マーメイドウィッチアカデミアの教師で、カープ教諭です」
教師か。
まあそうでないかと思っていたが。
ん？
カープ？
もしかして、あのカープか？
この几帳面《きちょうめん》すぎる服装から当時の面影をまったく感じ取れんが……。
『アルスの魔女』カープか？

「さて何から話すべきでしょう？　何よりまず数ヶ月に亘《わた》る無断欠席についてですが……」

挨拶も飛ばして本題から入りよる教師。

このノークッションダイレクトは叱られる側から見て恐怖であろう。

小娘五人がビビるのもわかるというもの。

もっとも相手は、小娘ごときが気合いを入れてどうなる程度のものではないが。

「ナーガス陛下直々の通達から『休学』扱いとしておりますが、アナタたちが過ごした無駄な時間から他の生徒との差はかなりの開きとなっています。これを挽回《ばんかい》するためにも超過密の補習によって効率的に……」

「ちょ、ちょっと待ってくだひゃい!!」

また噛《か》んだ。

口を挟んだのは『王冠の魔女』の妹。

流れを遮ったのは上出来であるが、教師からの冷徹な視線に今にも腰砕けしそうじゃの。

「あ、アタシたちが、こ、ここに来たのは……！　許可を貰《もら》うためです!!」

「許可？」

「休学延長の許可を!!」

「許可できません」

「そこを何とか!!」

バッサリ行くのう。

なお食い下がる妹の方もさすが王族の図太さじゃが。

「……エンゼル王女に質問いたします。アナタは何者ですか？」

「え？　あの……、人魚国の、第二王女？」

「そうです。最低限の自覚はあるようですね」

皮肉っぽい女じゃの。

「人魚王族に連なるアナタには、それに伴う責任というものがあります。人魚たちの規範となり、道徳を示し、品格をもった行動をとらねばなりません。その基礎となるため、アナタは教養を身に付けねばならないのです」

「はいぃ……!?」

「このマーメイドウィッチアカデミアこそ、アナタのような若き王族に教養を身に付けていただくための場所なのです。当校はアナタに、立派な魔法薬学師になっていただき、ひいては立派な人魚王族になっていただきたい。そのために全力を尽くしているのです」

「はい……!?」

「なのにアナタは義務から逃げ、好き勝手に振る舞おうとしている。それが王族として許される振る舞いなのですか？」

理屈でネチネチ固めてくるタイプじゃな。

カープのヤツ、その辺昔と変わってなくて安心した。

「アナタたちもそうです」

「「「はいぃ……ッ!?」」」

他の小娘どもにも飛び火した？

「特にディスカス、ベールテール。アナタたちは、当校入学の能力規定を満たしていながらも、家庭の事情から断念せざるをえない状況にあった。それをエンゼル様からの配慮で特例として入学を許されたのです」

「「うう……」」

ほう、要は名門校に入れないほど家が貧乏ということか？

温室育ちのお嬢様ばかりかと思ったが、なかなか骨のありそうな者も交じっておるではないか。

しかもそれらを見出《みいだ》して、用いる道筋をつけるとは。

エンゼルだったか。姉とは違った王侯の振る舞いをしよるの。

「ならばなおさら学業に励むべきなのに、恩人たるエンゼル様と共に遊び呆《ほう》けるなど言語道断。当校がアナタたちにかけた期待も的外れなものだったと言わざるを得ません」

「遊び呆けてなんか……！」

「何です？　言いたいことがあればハッキリ仰《おつしや》いなさい？」

「あの……、陸では……、その……!?」

見込みはあってもまだ学生の小娘。カープの理詰めに対抗しきれまい。

やれやれ、ここで何もしなければ本当に都くんだりまで来た意味がないからの。

「何が学べるというのじゃ？　こんな温室で？」

わらわの声に、カープの胡乱《うろん》な視線が引き寄せられた。

「愚かな人ですねゾス・サイラ。喋《しやべ》らなければ存在しなかったことにしてあげようと思っていましたのに」

「昔のよしみとでも言うつもりか？　長いものに巻かれた挫折者が、いまだ魔法薬使いを名乗ること自体片腹痛いわ」

「私のどこが挫折者だというのです？　長いものに巻かれたと？」

「偉そうに学校の教師などしておる」

しかも名門校。

「自分では随分出世したと思っておるのだろうが、権力に取り込まれた時点で研究者としては死んだも同じよ」

「アナタらしい勘違いねゾス・サイラ。みずからの研究を暴走させ、世界のバランスを崩さんとし、挙句指名手配まで受けたアナタらしい勘違い」

小娘どもが、オロオロとわらわとカープを交互に見る。

「お望みなら、今すぐここに警備兵を呼んでもいいのよ。そしてアナタはあえなく海溝牢獄《ろうごく》行き、アナタの究極研究とやらも永遠に完成しない」

「やってみるがいい。その時は、このいけ好かぬ学校が地獄と化し、さらにのち灰塵《かいじん》に帰すまでのことよ」

それがわかっているから、この女もわらわに気づきながら手が出せない。

この女は知っておるからの。

わらわの怖さを。

昔何度泣かしてやったことか。

「……ッ、アナタたち、なんでこんな女とつるんでいるの？」

形勢不利と察したカープは口撃の矛先を小娘たちに戻した。

「この女は『アビスの魔女』と呼ばれる重罪人よ。魔法薬学を誤った方向に駆使する外法使い。このような犯罪者を出さないことにも当校の意義があるのよ!!」

「しかし、最高水準の魔法薬使いが総じて『魔女』と呼ばれているのも事実じゃ。この『アビスの魔女』ゾス・サイラも含めて……」

『王冠の魔女』。

『凍寒の魔女』。

『獄炎の魔女』。

『疫病の魔女』。

「……ソイツら全員からの指導を、この娘どもは受けておる」

「え？」

虚を突かれた表情のカープ。

さすがにそこまで一教師には知らされていなかったか。

たかだか一教師に。

「おぬしが『遊び呆けていた』と言っていた期間中、最高峰の魔法薬使いである魔女の錚々《そうそう》たる面子《メンツ》から教えを受けておったと言うのだ。この五人は」

「ちょッ！」

「言っちゃっていいんですか、それ!?」

小娘どもがオタオタ騒ぐが気にしない。

こういうことを言うために大物のわらわが付き添わされたのであろう。

「こんな温室で、通り一遍の授業を受けるより、どれほど実りある時間であろうの？　かの地で、こやつらが過ごした日々はまさに戦い。ぬるま湯学校では十年いても修得できぬことを、一日一日積み重ねてきたのじゃ」

別につぶさに見てきたわけじゃないけど。

実際に見てきたように脚色を付けて話すぞ。

「で、改めて聞かせてもらうがカープ？　おぬしが自慢する名門校とやらは、魔女数人が直接指導するよりも贅沢《ぜいたく》な教育をこの娘らに施せるというのか？　魔女より遥《はる》か格下の凡人魔法薬使いが、教師だなんだとふんぞり返りながら？」

「す、凄《すご》いゾス・サイラ様……!?」

「カープ教諭に口げんかで押し返せる人初めて見た……!!」

もっと褒め称《たた》えるがいいぞ小娘ども。

「え、エンゼル王女！」

「はひッ!?」

「今の話は本当なのですか!?　いやそもそも狂乱六魔女傑は半数が既に囚《とら》われの身と……!」

「いや、でもいたわよ何人も。お姉ちゃんが何かしたみたいだけど……？」

「……ッ!?」

イラつくと爪を噛む癖も変わってないなー。

「エンゼル王女の姉君、プラティ王女こそ六魔女の最高峰『王冠の魔女』……！　そうか、アナタはお姉さまを追い求めて……!?」

そういえば、『王冠の魔女』はこのマーメイドウィッチアカデミアを中退したらしいの。

やっぱり、こんな温室で学ばぬ方が魔女として大成するんではないか？

「カープ教諭、改めてお願いします!!」

お、エンゼル唐突に真面目か？

「アタシは、お姉ちゃんを超える魔法薬学師になりたいんです！　そのためには、お姉ちゃんに直接付いて教わるのが一番いい！」

「アタシも、パッファ姐《ねえ》さんに直接教わるのが！」

「ランプアイ教官のシゴキが！」

「ガラ・ルファ様の狂気が!!」

多分ここで『本音は？』と聞いたら『農場のごはん食べたい』という即答が来てぶち壊しになるんだろうなあ、と思ったので聞かないことにした。

さて、こうして『学ぶなら学校よりも魔女の下』という厳然たる事実を突きつけられた形だが……。

お偉い名門校の教師様は、どのような対応に出るのかな。

「ここで引くわけには……！　ここで引くわけにはいきません……!!」

お？

「我々は既に、プラティ王女の教育に失敗している……！　あの方の大きすぎる異才を、正しく伸ばしてあげることができなかった……！　だからこそエンゼル様は、次女のエンゼル様は何としても……!!」

気負っているなあ。

「認められません、認められません！」

カープのヤツはいきり立った。

「魔女の術など邪道。真に強く、人魚族の役に立つのは我が校で学べる正道な薬学魔法のみ！」

「詭弁《きべん》じゃな。魔法薬に正道も邪道もあるものか」

「いいえ！　そのことを証明してあげましょう、勝負で！」

勝負？

「我が校で、この私が特に目を掛けて育てたゼミ生がおります。その中でさらに選《え》りすぐりの五人を用意しましょう。その一人一人と勝負してもらいます」

「「「「ええええええッッ!?」」」」

驚き騒ぐ小娘ども。

なんだ、勝負程度で軽躁《けいそう》な。

「魔女ごときの邪道が有益というなら、アナタたちが勝つはずです。しかし負ければ、我が校の正道こそが真の魔法薬学と理解し、私のカリキュラムに従っていただきます！　よろしいですね！」

「いいよ」

結果から言うが。

勝負は五対〇でウチの小娘どもが完勝した。

「マーメイドウィッチアカデミア敷地内に設営された格闘場です。今回は全水型を使います」

「名門校は設備も豪勢じゃのう」

室内全部が水で満ちている。

人族か魔族が入れば確実に溺死。我ら人魚族だからこそ活用できるスペースじゃ。

ちなみに全水型の他に室内を半分だけ水で満たした半水型格闘場もある。

水面近くでの戦いを想定し、一度浮上してからの奇襲などトリッキーな駆け引きも加味されるのが半水型格闘場の特徴だが、それを排して全水型を選んだということは純粋な実力のみで白黒ハッキリさせようという意気込みであろう。

「そしてこちらが、アナタたちのために用意した対戦相手。カープゼミの優等生たちです」

新たに現れた見覚えない人魚ども五人。

若い乳臭い。

見るからに綺麗《きれい》な身なりでエリート然としておるが、わらわから見れば凡庸じゃな。

「これからアナタたちには、彼女らと一対一で戦ってもらいます。一人一人」

勝てば晴れて農場での修行を続けられ、負ければ学校に繋《つな》ぎ止められる、か。

「しかしガチ戦闘なんじゃな。学校の教師が仕掛けるんだから、もっと穏当な形式かと思ったんじゃが」

筆記テストとかクイズ形式とか。

「アナタのような野蛮な方には、これぐらい単純な方がいいでしょう？　負けても言いわけできないようにね？」

「褒めてやるわ。そこまで自分に厳しい条件を課すとはの」

バチバチ火花を散らして、互いの陣営に戻る。

成り行きとはいえ、小娘どものセコンドを務めることになったが、わらわという名軍師がついたからには勝利は約束されたも同然！

なのにエンゼルら小娘どもは始まる前から腰が引けとる。

「無理ですよぉ……！　勝てませんよ……！」

「相手全員、最高学年じゃないですかぁ、勝負になりませんよぉ……！」

なるほど、敵は上級生か。

ならばビビるのも致し方ない。学生にとって一年でも学年差は絶対的なものじゃ。

大人と子どもほどの実力差を意識するものじゃろう。

「でも、やるしかないわ……！」

お？

わらわが激励しようとしたところで先を越された。

「この戦いに勝たなければ、アタシたちは農場に戻れないのよ。必ず勝つ！　農場で学んできたことを、今こそ出し切る時!!」

エンゼルか。

さすが王族の端くれ扇動が上手《うま》いの。

わらわがやろうとしたことを持ってかれてしまったわ。

「そうじゃ、安心せい。おぬしらにはこのわらわがついとる」

この『アビスの魔女』ゾス・サイラが。

最初は乗り気でなかったが、だんだん興が乗ってきたわ。ここはおぬしらを助けてカープに泡を吹かせてやる。カニのように。

「勝つための指揮は、すべてわらわが執ってやる。『アビスの魔女』の直接指揮じゃ。大船に乗ったつもりでおるがよいぞ！」

「監督！」

「監督ぅ!!」

ここで謎の監督呼び。

「言っておきますけど、アナタの作製した魔法薬を生徒たちに使わせるのは反則ですからね？」

「わかっとるわ。誰がそんな姑息《こそく》な手を使うか」

この手の勝負は、魔法薬作製と使用の技が試される。

魔女は、自作の魔法薬こそもっとも上手く使いこなせるものであり、それで勝たねば意味がない。

「では、早速始めましょう。一番手、前へ」

「よし、行けディスカス」

小娘どもの一人ディスカスは、『氷の魔女』を自称しておったな。

あのパッファに憧れとるらしく、服装も素振りもアイツをリスペクトしとる。

対する相手は……。

「アミア家息女、カルヴァ」

これまた典型的なエリートっぽいヤツが出てきたのう。

見た目スマート。パッファの真似《まね》をして妙にけばけばしいディスカスとは対照的じゃ。

「庶民ごときが粋がって、分際を忘れたようね。この私が躾《しつ》けてあげるわ。生まれの卑しい者は、私のような真のエリートの影に隠れているべきだということをね！」

「……ッ!?」

審判を務めるカープから、『始め！』の鋭い声が上がった。

しかし、その声は水中に虚《むな》しく反響するだけだった。

対戦する二人は、双方少しも動かない。

「……ッ!?　どうしたの？　『始め』よ！　魔法戦を始めなさい!!」

「教諭、もう始まっています」

「え？」

「そして終わりました」

ディスカスの対戦相手……、何つったかの？

まあいいや敗者の名などいちいち覚えていてはキリがない。

ディスカスに負けたソイツは、今なお懸命に動こうと体を揺らすが、動けない。

ヤツの体の表面の水が、うっすら凍っているのがわかった。

「くそおおおッ!?　動け！　動けない!?　魔法薬で氷を中和して溶かせない!?」

「パッファ姐《ねえ》さんが言ってた。氷を作るのは、魔法薬で温度を下げて作るんじゃない。魔法薬と水を反応させて氷を作る。温度は、発生した氷が勝手に下げてくれる」

パッファのえげつない得意技じゃのう。

魔法薬と水を反応させて氷を作るから、単純な温度上昇魔法薬では氷を溶かして中和できない。

生成された氷は周囲の温度を冷やし、冷えた水分と反応してさらに低温の氷を作り出す。

この循環でドンドン氷を作り出すパッファの音なき侵略は、油断したらわらわでもヤバい。

「お前ええ！　既に魔法薬を水中に混ぜていたな!?　試合開始の前からあああぁッ!?」

「それが何か？」

「卑怯《ひきょう》だぞおおお!?　開始の合図を無視してええ!?」

「これもパッファ姐さんの言ってたことだが、実戦で開始の合図をしてくれる人なんていない。敵を前にしてのんびり油断している方がアホなのさ」

あのエリートは、もう自力で氷から脱出することはできん。

ディスカスの氷結魔法薬は、パッファのものに比べれば作り込みが甘く精度も低い。あれを中和できんようでは名門校もたかが知れとるのう。

「くッ！」

その証拠というべきか、カープのヤツが投げつけた試験管が氷とぶつかって割れ、中身の魔法薬が水中に広がるだけで氷は見る間に溶けていった。

「カルヴァ、アナタの負けよ。魔法薬学師なら不意打ちでも氷結攻撃ぐらい充分中和できる。それができなかったのはアナタの勉強不足よ」

「はい……！」

「第二戦！　対戦者はそれぞれ前へ」

こちらの二番手はベールテール。『火の魔女』を自称しておるそうな。

リスペクト相手は『獄炎の魔女』ランプアイかの。

対戦相手は……。

「ベタ家息女、クラウンテール」

エリート然としているのは違いないが、また変わり種っぽいのが出てきたの。

女人魚のくせに銛《もり》持っとるぞ。銛。

「ベタ家は人魚国有数の武家。『鬪魚』の異名を持つ家柄よ」

そうなのか？

解説ご苦労。

「そこの娘であるクラウンテール先輩も、卒業後は近衛《このえ》兵《へい》入りが決定していて将来の幹部候補なんですって」

「エリートじゃのう」

というか相手の方もランプアイをリスペクトしとらんか？

小ランプアイ同士の激突というわけか。

「始め!!」

また一瞬で勝負がついた。

この戦いは魔法薬だけでなく、本来男人魚の得物である銛使いでも競い合う勝負となったが、相手クラウンテールの突き出す銛を、こちらベールテールが華麗にかわし、相手の盾に燃焼魔法薬を叩《たた》きつけることで勝負がついた。

ランプアイ直伝の燃焼魔法薬は、高い粘着性で試験管から零《こぼ》れ出ると盾表面にくっつき、水中でも反応して燃え続ける。

金属製盾はどんどん加熱され、クラウンテールとやらは熱くて持っていられなくなった。

男人魚の闘法では銛と盾はワンセット。

その真似をするクラウンテールとやらも、二つで一つの一方を失って闘法は成立しない。

片やベールテール。銛使いと魔法薬使いを併用する戦い方。ランプアイが独自に編み出したその技を叩きこまれておる。

片翼をもがれた先輩と、万全の後輩では勝負にならず、あとは一方的であった。

第二試合も、我らの側ベールテールが勝利。

＊　＊　＊

第三試合に参加したヘッケリィは、『凮の魔女』を自称しておる。

どうやらヤツは『疫病の魔女』ガラ・ルファの薫陶を得ておるらしく、ヤツが新開発した魔法薬ならぬ魔法細菌を受け売り製作して、ばら撒《ま》きおった。

水中に散布された魔法細菌は対戦相手の服に付着、繊維を分解して丸裸に。

まことに酷《ひど》い勝ち方であったが、さらに酷いことに一度放たれた魔法細菌は際限なく増殖し、作った本人ですら止めることが不可能。

対策して魔法細菌でも分解できない金剛絹の衣服を着てきたヘッケリィ以外の全員が丸裸になるリスクを負って。

闘技場の水を丸ごと沸騰させて細菌を死滅させる大騒ぎとなった。

＊　＊　＊

第四試合の『地の魔女』バトラクスには、わらわ自身世話になったことがある。

オークボのイベントに参加した際、遊戯用ディープ・ワンの量産を手伝ってもらっての。

あの際、ヤツの担当で作った分の残りを使用すればいいではないかとアドバイスして実際に戦場投入。

叩かれるたび分裂する遊戯用ディープ・ワンに対戦相手はまんまとハマって、最終的に圧倒的多数に押し潰されおった。

＊　＊　＊

そして最後。

人魚国第二王女エンゼルは……。

「必殺！　マーメイド・スパーク!!」

「あれはッ!?　人魚王家に代々伝わる三大奥義の一つ!?　使い手が途切れて久しく、プラティ王女が数十年ぶりに復活させたと聞きましたが……!?」

それを妹も使えるということは、姉から習ったか。

仮にも王家が奥義と位置付ける技。手取り足取り教えてもらっても容易に体得できるものではなかろうに。

まあそんなわけで。

この勝負は我ら側の五戦全勝。

名軍師わらわ、ごり押しで勝つ。

勝利。

聖者の農場にて育った五人娘ｖｓ学校のエリートたち。

結果はエンゼルたちの圧勝。

五戦全勝。

想定しうる限り最高の結果に、このわらわゾス・サイラ『アビスの魔女』として満足至極である。

対して敵の方は、人魚国最高峰の魔法薬学校の成績優秀者として大失態。

勝って当然の勝負で大惨敗し、面子《メンツ》を丸潰れにされた形じゃ。

生徒らを自信満々で推してきたカープのヤツも醜態じゃのう。

愉快愉快。

「先輩たちに全勝しちゃった……！」

「こんなに強くなっていたの私たち……!?」

勝った当人たちが一番困惑しておる。

しかし、何を驚く必要がある。

「最高の技を持つ魔女から直接指導を受け、実技実験、様々な実践の機会を得たおぬしらじゃ。成長しておらぬわけがないであろ？」

「監督ぅ！」

「まして学校で、方程式を書き写すことしかしておらぬ温室育ちに万が一にも負ける要素がないわ。……これでハッキリしたの？」

農場と学校。

どちらがこの子らの成長に有益であるか。

ま、自分たちがトップクラスと信じて疑わなんだ輩《やから》には、ちと辛《つら》い現実を突き付けてしまったかもじゃがの。

ホホホホホホホホ……!?

「全滅……、私が手塩にかけて育てた生徒たちが……!?」

おうカープ。

絶対勝つと思ってボロ負けした今どんな気持ち？

ねえ、どんな気持ち？

「エンゼル王女や……、他の子までこんな短期間で急成長を……!? 休学する前は、けっして突出した成績でもない、凡庸な子たちだったのに……!?」

「それを非凡に作り替えるのが農場の凄《すご》さよ」

別に農場の住人でもないわらわ、代表者気取りで振る舞う。

「ここまで揺るぎない結果を見せてやったのじゃ。頭の固いおぬしでも理解できるであろう。ここは、この子らを育てるのに最高の環境ではないとな」

「しかし……！　ここは、人魚国最高の名門校……！」

「それがどうした？　名門校も、魔女数人を擁する農場の豪勢さには敵《かな》わんということよ。それをよく理解して潔く身を引くんじゃな」

それがこの子らの成長を促すもっともよい行動となろう。

「いいえ！　できません！」

「往生際の悪いヤツじゃ」

「第一王女たるプラティ様を中退させてしまい、かつ妹君のエンゼル王女まで育て上げられなかった……！　そんなことになれば我が校の存在意義はないも同じ。あの方に顔向けできなくなる……！」

王立じゃからのうマーメイドウィッチアカデミア。

なのに王族を卒業させられなかったなんて『なんのためにあるの？』って話になるわ、そりゃあ。

「まだ、終わりではありません!!」

「いや、終わったわ。五勝負全部済んだわ」

「いいえ、まだ残っています、アナタと私の勝負が!!」

そう言ってわらわを睨《にら》むカープ。

なんじゃ？

「アナタに勝負を申し込みますゾス・サイラ！　私が勝てば彼女たちを置いて去りなさい！」

「見苦しいことこの上ないのう。この子らの教育方針を、当人でないわらわとおぬしの直接対決で決めるというのか？」

「関係はあります！　この勝負で、指導者の力量をハッキリさせる！　強い者が後進を導く、ただそれのみ！」

こじつけにもほどがある。

追い込まれると暴走気味になるのも昔から変わっておらぬのう。頭の固いヤツにありがちなことじゃ。

「しかしカープよ、おぬし大事なことを忘れておらんか？」

この『アビスの魔女』ゾス・サイラに挑むことの無謀さとか。

「おぬしが、かつて一番ツッパッておった時期ですら、わらわに挑んで勝てたことが一回でもあったかの『アルスの魔女』？」

「その名で呼ぶのはやめなさい。私は今では、栄えあるマーメイドウィッチアカデミアの教師です！」

ならば試してやろうではないか。

その大層な教師様が、自分自身どれだけ成長したか？

「あわわわわわ……？」

「さっきから思わせぶりに、この二人はどんな関係なの!?」

外野で小娘どもがビビり倒しておるが、まあ安心して見ているがよい。

一瞬のうちに勝利して、わらわがおぬしらを農場に連れ帰ってくれるわ！

「ダメよ」

「!?」

わらわたちを制止する声？

その声は!?

「ゾスちゃんもカーちゃんも昔はあんなに仲良しだったじゃないの。ケンカしちゃダメよ」

「ああッ!?　アナタ様は……!?」

現れる絢爛《けんらん》たる人魚夫婦。

夫の方は威厳ある風格にて、豊かな髭《ひげ》と雄々しき尾びれを示す屈強の壮年人魚。

そして妻の方は、絢爛に輝く魅力を放つ、齢《よわい》二十代の乙女かと見間違えるような若々しい淑女。

「人魚王ナーガス陛下!?」

「そして人魚王妃シーラ様!?」

人魚国の支配者にして王権の継承者。

そしてプラティやエンゼルの両親でもある。

「パパ！　ママ！」

その証明とするように、エンゼルが母親へと抱きつく。

「どうしてここに？　お城で待ってるって言ったじゃない？」

「そうしようと思ったんだけど、パパがあまりにも心配しちゃってね。結局様子を見に来ることにしたのよ。……そうして正解だったわね」

エンゼルを抱きしめたまま、シーラ王妃がこちらへ泳ぎ寄ってくる。

わらわとカープ。

二人の下へ。

「ゾスちゃん、アナタは今でもお尋ね者なんだから、都で大暴れなんかしちゃダメよ？　派手すぎると、さすがに庇《かば》いきれないわ」

は、……はい……！

「カーちゃんも、今では責任ある立場なんだから軽率をしちゃいけません。生徒たちに『トラブルは拳で解決しろ』と教えるつもり？」

「も、申し訳ありません……！」

わらわもカープも、人魚王妃の前でカッチカチに固まってしまう。

反論もできない。

「ですがシーラ王妃。ことはマーメイドウィッチアカデミアの威信に関わる問題です……！」

あ、カープのヤツ反論しやがった度胸あんな。

「我が校の設立目的は、人魚国の王族を、その血統に見合った淑女に育て上げること。長女のプラティ様にそれが叶《かな》わず、エンゼル様の指導権まで奪われるとあっては存続に関わります。ここはどうかシーラ様からもご配慮を……！」

「カープ？　アタシに口答えするの？」

ヒィッ!?

だから言ったのに!!

直接対するカープだけでなく隣のわらわも、周囲の小娘人魚たちもビビッて震えておるではないか!?

「もっす！」

と同伴の人魚王が咳《せき》ばらいを一つ。それでシーラ王妃はハッとして殺気を収めた。

「……まあ、今じゃカーちゃんも教師さんだから、学校のことを考えないとだわよね？　アタシは別にどっちでもいいと思うんだけど。プラティちゃんもエンゼルちゃんも、元気に育ってくれれば学歴なんて……？」

「そういうわけには……！　国家と学校の体裁も……!!」

「あぁ？」

だからカープなんで口答えする!?

学ばんのか、お前は教師のくせに⁉

「もっす！」

「ああ……！　大丈夫よ、学校にはちゃんと配慮してあげるからね、王室からも」

人魚王様が咳払《せきばら》いしてくれなかったら、カープのヤツ何回殺されていたことか？

「ゾスちゃんは、さっきから何も喋《しゃべ》らないわね？　だんまりね？」

「ハッ！　姉さまが喋れとお望みなら何でも喋らせていただきます‼」

「ダーリンと結婚してからは、その呼び方やめろって言ったわよね？」

「申し訳ありません姉さまッッ‼」

エンゼル始め、学校生徒の小娘人魚たちは、事の成り行きを理解できず呆然《ぼうぜん》としておった。

人魚界最悪の問題児、六魔女の一人。

人魚国最高の名門校教師。

この二人を並べてビビらせている人魚王妃の貫禄《かんろく》に。

「アタシはね、アロワナくんもプラティちゃんもエンゼルちゃんも、そしてさらに下の子たち全員も自由に生きてほしいのよ。自分の人生に悔いがないように。それを甘やかしだと非難する人もいるけれど……」

そんな命知らずがいるんですか？

「だけど、やっぱり人魚王族に生まれたからには責任は伴うわよね。だからアタシの方から妥協案を用意してみたの。それで皆とりあえず納得してくれないかしら？」

「「「「はあ……？」」」」

「納得するわよね？」

「「「「はいッ!!」」」」

よぉし、お前ら賢いぞ。

シーラ姉さまの言うことにはとにかく従っておくんだ。それが長生きの秘訣《ひけつ》だぞ。

エンゼルがわらわに問いかける。

「ねえねえゾス様？」

「ゾス様、ウチのママと仲良しっぽいけれど、知り合いなの？　ママが六魔女と面識あるなんて全然知らなかった」

「む、昔ちょこ――っとつるんだことがあってのう？」

それ以上は聞かないでほしい。

『言ったら殺す』とあの人の結婚前にきつく口止めされているのじゃ。

…………。

今を去ること二十年ぐらい前、わらわとカープは、姉さまに率いられて大海で暴れておった。

そしてついに人魚国を滅ぼすほどの大計画を実行しようとしたその直前、突如現れた若き男人魚と大恋愛の末、計画を投げ出して結婚してしまったのが、あの人なのじゃ。

かつてあの人が冠した称号は、人魚アウトロー界を隅々まで震撼《しんかん》させたものよ。

『暗黒の魔女《アドビャー》』シーラ・カンヌ。


その経歴を知っておるのは、当事者夫婦を除けば精々妹分であったわらわとカープぐらいのもの。

『知っていながら生かされている』と言い直した方がいいかもしれんが。

だからあの方の実子であるプラティやエンゼルにも、うっかり口を滑らせることはできんのじゃ!!

「ゾスちゃん？　久々にアナタに会えて嬉《うれ》しいわ」

「はいぃぃ!?」

「改めて言っておくけど、アタシたちの思い出は、胸に秘めておいてこそ美しいと思うの」

「まったくその通りでございます！」

少なくともプラティの傑出した才能は、この方から受け継いだ血統であろう。

とにかくも人魚王夫妻の登場によってカープも他も何も口出しできぬようになってしまい。

この件は丸く収まった。

……のか!?

番外編　人魚姫こもごも再び

—Let's buy the land and cultivate in different world—


我が妻プラティは、人魚である。

本来は海の中で暮らしていた。

そんな彼女が俺と結婚し、わざわざ地上で暮らすようになったのは色々あった末でのことだが、ここでは詳しく触れまい。

ただ『種族が違う』『これまで生きてきた環境が違う』ということで湧き出すトラブルはやっぱりあって……。

その一つが今回大きく立ち塞がった。

妊娠出産問題だ。

俺たちも夫婦としてそろそろ子どもの一人もいた方がいいタイミングだが、まだまだその兆候がない。

そこで調べてみたら俺＝異世界人、プラティ＝人魚と、根本的な種族が違う。

異種族間には子どもが生まれないという話だった。

前いた世界でも、人とサルの遺伝子は大体九割以上同じと言われているが、それでも両者の間に子どもはできないと聞いた。

世界を跨《また》いでやってきた俺などは見た目まったく同じでも、根底構造はまったく別物なのだろう。

従って俺とプラティとの間に子どもはできないと言う。

一度は絶望したが、この世界の生誕を司《つかさど》る神からの助言でなんとか一縷《いちる》の望みを繋《つな》ぐ。

神の授けたカリキュラムに従って体質を変調し、異世界人である俺に近づければ子どもを授かって出産も可能というのだ。

神の啓示に従い、今日も励むプラティ。

それは日々のたゆまぬ訓練であった。

＊　＊　＊

……。

己の肉体に限界を感じたプラティがたどり着いた答えは感謝だった。

自分自身を育ててくれた両親への限りなく大きな恩を返そうと思いたったのが……。

一日一万回　感謝のラマーズ法!!

気を整え、拝み、祈り、息を吸って、吐く。

ひっ、ひっ、ふー。

一連の動作を一回こなすのに当初は五～六秒。

一万回を吸って吐き終えるまでに初日は十八時間以上費やした。

ひっ、ひっ、ふーを終えれば倒れるように寝る。起きてまたひっ、ひっ、ふーを繰り返す日々。

二週間が過ぎた頃異変に気づく。

一万回ひっ、ひっ、ふー終えても日が暮れていない。

感謝のラマーズ法一万回、五分を切る!!

かわりに、妹を苛《いじ》める時間が増えた。

「おらー、妹が姉に勝とうなんて百億年早いのよー。人魚王家三大奥義の一つマーメイド・スパークを食らいなさいー」

「おぎゃあああああッ!?　お姉ちゃん容赦ない!?　全身が痛い痛い!?　こういうお姉ちゃん嫌いいいいぃあああッ!?」

……。

という感じでプラティは今日も姉妹の触れ合いの方に余念がない。

彼女の妹、エンゼルとの戯れ。

……ただこれ、俺が傍《はた》から見たことによる個人的感想だけど。

この触れ合いの仕方は姉妹の、というより……。

兄弟！

プロレス技を覚えたての兄が、弟を実験台にするかのような……。

昭和の！

昭和の兄弟の触れ合い!?

「アンタも人魚の王族なら三大奥義ぐらい使えても全然いいのよー？　こうして姉からかけられるのをいい機会と技を盗むことねー？」

「んぎゃあああああッ!?　覚えてなさいよ！　絶対に技を盗んでお姉ちゃんにかけ返してやるんだからあああああッ!!」

プラティの妹エンゼルは最近になって農場に住み込むようになったニューフェイスだけれど、親族だけあってプラティとの打ち解け感は他の農場メンバーよりずば抜けている。

彼女の夫であるはずの俺ですら時おり嫉妬するぐらいであった。

プラティは日頃から煙たがっているものの、何やかんや言って妹と共に過ごすのは楽しいらしい。

「今度はアタシが独自開発した人魚奥義マーメイド・ストラッシュXを食らいなさい！」

「ほげえええええッ!?」

…………。

あの、違うよね？

別に新技の実験台にするのが楽しいわけじゃないよね？

たまに垣間見《かいまみ》てしまう、血の繋がった兄弟姉妹の闇。

「ぐぎぎぎぎ……、おのれお姉ちゃんめ！　いつか必ず復讐《ふくしゅう》してやるんだから……ッ!!」

傷つき倒れながらも姉への復讐心を滾《たぎ》らせるエンゼル。

何かこの辺やっぱプラティと姉妹だな、という気がする。

「向上心が高いなー、エンゼルは？」

何度プラティに打ちのめされても諦めることをしないし。

その点、子作りを諦めないプラティと共通するのかもしれない。

「プラティもやっぱり向上心から子どもを作ろうとしているんだろうか？　夫婦になれば子どもを生んで育てるのが次のステップだろうし……？」

「……それは違うと思う」

俺の何気ない独り言を聞いて、エンゼルが言った。

「おうッ？」

リアクションが来ると思って発した言葉でもなかったので、戸惑う俺。

「お姉ちゃんはたしかに負けず嫌いで、できないことがあったら何回も練習して必ずできるようになってたけど。今回は違うと思う。ちょっとだけ」

「と、言いますと？」

期間という意味では俺以上に長くプラティと一緒に過ごしている妹エンゼルの言葉。

その言葉を無視することはできない。

「お姉ちゃんは昔っからママのことを尊敬しているから」

「ママとな？」

『ママ』ということは母親のこと。

まあ当たり前だが、プラティとエンゼルは姉妹なので、その母親も同じということになるが……。

「アタシたちのママは人魚王妃シーラ・カンヌ。現人魚王にしてアタシたちのパパでもあるナーガスの妃《きさき》。二人はもうラブラブでたくさんの子どもを設けたわ」

「そりゃ、ねえ……？」

俺の知る限りだと長男のアロワナ王子に、姉プラティと妹エンゼル。

三人も生み育てれば、少子化問題深刻だった俺の出身世界から見たらそれはもう子だくさんだが……？

「それだけじゃないわ」

「え？」

「パパママ夫婦には、まだまだたくさんの子どもがいるのよ。アタシの下に弟二人と妹が四人。そしてもしかしたら、まだ増えるかもしれない」

「驚異的子だくさんッ!?」

王族と言ったら、次の国王を確保するためにも跡取りを生むことは絶対的義務で、もしそれができなかったら離縁されたり、側室を持つのも当たり前の世の中だと言われている。

そんな中で……えーと……九人!?　も子どもを生むなんて!?

合っているよな？　アロワナ王子にプラティにエンゼルに、その下に弟二人と妹四人……？

「なにはともあれ滅茶苦茶《めちゃくちゃ》、社会からの要求に応えている!?」

「しかも数いるだけじゃなくて、子どもの一人一人が優秀でもある。長男で王位継承権第一位のアロワナお兄ちゃんは、知勇兼備でいつでも王位を継げるとか言われてるし、かたや長女のプラティお姉ちゃんは魔女の称号を得るほど稀代《きたい》の魔法薬使い……」

「そして次女のエンゼルちゃんはパッとしないと……？」

「煩《うるせ》えッ!?　……要するに今の人魚王の子女たちは質も量もハイクラス。おかげで人魚国の未来は安泰とか言われている。その礎を築いたのは、みずからお腹《なか》を痛めて子を生み、立派に育て上げた国王の配偶者」

人魚王妃シーラ・カンヌ。

なるほど今ある人魚国の安泰は、一人の肝っ玉母さんによって築き上げられたということか。

「ならばさぞかし本国でも讃《たた》えられてることなんだろうな……!?」

「それがそうでもない」

え？

「王妃という立場にもっとも必要なことって何だと思う？」

「それは……散々言われたように跡取りになる子どもをしっかり生み育てること……？」

「それも正解だけど、それ以上に必要とされているのは生まれの気高さね。王が国家の頂点に立つ以上、その配偶者にもそれなりの身分が求められるってわけ」

貴族だとか、隣国の王女様だとか。

王族の結婚話とか聞くと、たしかにそういう煌《きらび》やかな経歴を聞くことになる。

「ウチのママは、その辺が致命的なネックになってるのよね」

「はい？」

それはつまり、今の人魚王妃様って身分の低い出とかなの？

「元は一般庶民とか？」

「そうとわかっていればまだマシな方で、実はママの経歴って完全に謎なのよ。どこで生まれて、どこでパパと出会ったのか。そして何がどうなってパパと結ばれて結婚したのか完全に謎！」

「えぇぇ……!?」

「実の娘であるアタシたちすら知らないのよ」

それはそれで信じがたいことだが、巷間《こうかん》に伝わる話によると現人魚王ナーガスが王子時代に修行の旅で七つの海を巡ったことがあったらしい。

今のアロワナ王子みたいなことしてたんだな……。

現王妃シーラ・カンヌとはその時に出会ったそうで、彼女を連れ人魚宮へと帰還。そのまま妃に迎えた。

その激流のようなことの運びに納得できない者も多かったようで……。

「『公表できないほど酷《ひど》い貧困層の生まれ』だとか『もしや犯罪者？』とか口さがない連中はママを非難するわ。何しろ王妃の座は頂点だから、引きずり下ろしてでも成り代わりたいってヤツはけっこういるのよ」

「生々しい権力話……!?」

「今じゃなりを潜めているけど、アタシたちが生まれる前が一番酷かったらしいわ。根も葉もない噂《うわさ》でママのことを中傷して。そんな中でママはアタシたちを生み育てたの」

そう聞くと、実に大変な話だなあ。

それで、なんでこういう話の流れになっているかというとプラティが母親のことを凄《すご》く尊敬しているという話だった。

世間からの外圧に晒《さら》されながらもしっかりと夫を愛し、その子を生み育てる。

一人だけでなく複数。しかも世間様に誇れるだけの偉才を。

それは間違いない偉業で、偉業を成し遂げた母だからこそプラティは敬服し、同じ道を歩もうとするのだろうか。

……そうか。

プラティがあんなに頑張ってでも子どもを生もうとするのは……。

尊敬する母親のように自分もなりたいから……。

「プラティ王女が王妃様に憧れているのは、様々な話から窺《うかが》えますね」

「おっ、ランプアイ?」

呼んでないのにやってきた。

『獄炎の魔女』ランプアイ。プラティと共に六魔女の一人に数えられる凶悪な魔法薬使い。

それだけでなく、農場に来る前は人魚王宮に近衛兵《このえへい》として勤め、プラティたち王族の警護に当たっていた。

彼女自身、王女プラティ命な性分で、彼女に関するエピソードなども多く蒐集《しゅうしゅう》していることだろう。

「そもそもプラティ王女が魔法薬の道を極めたのは、御母上であらせられるシーラ王妃のためと言われています」

「そうなん?」

「プラティ王女が御幼少の頃も、王妃様への逆風は吹き荒れていましたからね。身の程知らずのさもしい貴族どもは、王妃様を押しのけて自分の娘を王妾《しょう》に上げようと。それで王との間に男子でも生まれたら『出自不確かなシーラ王妃の生んだ子など蹴落として次の人魚王に!!』などと愚劣極まる考えを巡らせていたようです」

ランプアイ自身怒りに震えながら語る。

自分の語るエピソードに怒りを覚えるセルフ行為やめて?

「プラティ王女も聡明《そうめい》なお方ですから、幼い頃からそうした空気を敏感に察しとっていたようですね。自分が落ちこぼれだと大好きな母親に非難が向かう、ということがわかっていたようです」

未来の人魚王になるかもしれない王子王女が劣等生だと、当然それを生み育てた王妃が悪く言われる。

そこから『庶民上がりの女よりも由緒正しい我が娘を王妃に！』などと言い出してくる貴族もいることだろう。

「だからこそプラティ王女も、御母君を守るために相当な努力を重ねてきたそうです。若くして魔法薬の奥義を極め『王冠の魔女』と呼ばれるようになったのも、すべては御母君を非難したがる輩《やから》に付け入る隙を与えないため……」

王妃が産み育てた王子王女が優秀ならば、それを排斥したい一派は何も言えない？

「私はそんな空気など察せずにすくすく育ったわ!!」

エンゼルよ。

そういうところがキミなんだぞ!!

「そして、そんな微妙な情勢が行き着くところまで極まった末に、あの事件が起きました」

「事件!?」

「『魔法薬学校特待生大量退学事件』です」

ランプアイ曰《いわ》く。

プラティは魔法薬の扱いを教える学校マーメイドウィッチアカデミアに入学した。

十歳になるかならないかで魔法薬の奥義を極め、大人の魔法薬使いと同等どころか圧倒できる腕前を備えたプラティだから、本当なら今さら半人前の小娘たちに交ざって改めて勉強する必要なんてない。

それでも彼女が学生となったのは、件《くだん》のマーメイドウィッチアカデミアがただ魔法薬を教えるだけでなく、人魚国の上流階級が一斉に集って社交界的なものを形成していたからだそうな。

「人魚国の貴族王族としては、マーメイドウィッチアカデミアに入学して一定のコネや人脈を作っておくことが卒業後の出世を左右する。プラティ王女も国王の娘として、その社交界の主となるために学校へ行くことは拒否できないことだったのです」

「魔法薬は女人魚の専門技術だけに、マーメイドウィッチアカデミアも女子校だしねー」

つまり長男であるアロワナ王子ではタッチできない領域。

だからこそ人魚王の長女であるプラティこそが、そこを牛耳らなければいけない。

煩わしい世間付き合いもこなしていかなければならない。

しかし、そんな中で事件が起こった。

「入学早々、プラティ王女の目の前でシーラ王妃を侮辱した生徒がいたそうなのです」

「うわぁ」

「当時最上級生で、入学したばかりのプラティ王女に先輩風を吹かせたかったようなのですが、彼女が口にしたのは許しがたい暴言でした。王妃様を敬愛するプラティ王女にとって看過できない狼《ろう》藉《ぜき》……ッ！」

　さらにプラティ、気が短い方だから。

「即座にプラティ王女による一方的な蹂躙《じゅうりん》が始まったそうです。人魚国全土から集められた才能豊かな乙女たちが次々と屠《ほふ》られ、学校内は修羅場と化したと……」

　それまで母親を非難から守るため、できる限り大人しく優等生を演じてきたプラティの我慢の限界でもあったらしい。

「結局それが元でマーメイドウィッチアカデミアは学級崩壊。特に優等生クラスは全員心を折られて自主退学に至ったそうです。プラティ王女御自身も『こんな低レベルな学校にいられるか！』とみずから退学届けを叩《たた》きつけ、もっともご自分に合った自主研究の道に入ったと……ッ！」

「お姉ちゃんが魔女として恐れられるようになったきっかけの事件ね!!」

　いやエンゼル。

　そんな楽しそうに語らんでも。

　……その一件でプラティは責めを受ける可能性もあったが、最終的に『御咎《おとが》めなし』で済まされた。

　理由として暴走のきっかけとなった上級生側の侮辱がよっぽど酷いもので、貴族と言えど不敬罪が適応されたらしい。

　王家が侮辱されたまま黙っていることこそあるまじきとしてプラティの無礼討ちはむしろ賞すべ

きことまとめられた。

対して侮辱した方は親もまとめて罪を被り失脚したらしい。

そこまで大事になるなんて、一体なんて言って罵ったのだろうと疑問に思ったが、具体的な文言についてはエンゼルもランプアイも伝えることはなかった。

そこまで言いたくないってよっぽど汚い言い様だったのか?

どちらにしろ、このエピソードで判明したことが、プラティをもっともキレさせるのは母親に対する侮辱ということだろう。

様々な外圧、逆風を受けながら立派に子どもを育て上げる。しかも複数人。

そんな母親を見て育った娘は、いつしか自分も同じ母親になることを目標にする。

立派な人になることを目指す者が、自分の知るうちのもっとも立派な人を模倣する。

それがもしや……。

自分自身も母親になろうとする動機なのではないかと……。

「…………」

俺はしばしの間、沈思黙考する。

「……ランプアイ、貴重な話ありがとう。エンゼルも、プラティを越えるための訓練頑張りなよ」

一言かけて俺は歩き出す。

ハッキリとした目的の場所をもって。

それは我が妻プラティの下だった。

「……プラティ」

「ラマーズの呼吸、一の型！……ってどうしたの旦那様？」

いまだ異種族間で子どもを授かるための努力を重ねるプラティに、言う。

「俺も、何かできることはないかと思って……」

おずおず言う。

「子どもを生むって、けっして女性一人でするわけじゃないだろう？　男だって協力しなきゃ。違う種族の間で子どもができるようにするには、互いの歩み寄りがないとさ……」

「旦那様ーッ!!」

プラティから抱きつかれた。

「嬉《うれ》しいわッ!!　そうね子作りは夫婦で協力してするものだもんね！　一緒に頑張りましょう!!」

俺自身にはまだそんなに実感が伴わない。

父親になるということには。

それどころか夫婦という枠組みにも実はいまだに慣れない。

プラティとは一緒に力を合わせて農場運営しているが、それはヴィールなど他の住人たちとしても同じこと。

その中でも俺とプラティの間柄が特別なのは夫婦という結びつきの名称による。

にもかかわらず、彼女の重大なことを今さっき知った。

夫として不甲斐《ふがい》ないばかりだが、こうして最初は赤の他人同士だった男女が少しずつわかり合っていくことも夫婦というものだろうか。

あるいは……。

「じゃあ行くわよ！　夫婦で力を合わせて海母神アンフィトルテ様から授かった体質変調カリキュラムをこなしていくのよ！　これが上手《うま》くいけばアタシも旦那様の子どもを身籠もれるわ!!」

「お、おう……!?」

「まずはヨガの呼吸で心身を整えるのよ！　火を噴いて手足が伸びるぐらいまでやるのよ！」

「別のヨガマスター？」

「さらに食事も大切よ！　糖質を制限してたんぱく質を多くとり、筋肉を増やしていくのよ！」

「それ神が直接授けた知識かな？」

「そしてとどめにサウナに入るのよ!!　たっぷり汗流して冷や水を浴びて、神経を整えるのよ！」

「ただのダイエットじゃない!?」

神から授かったという修養法になんとも胡散臭《うさんくさ》いものを感じつつ、それでも夫婦揃《そろ》って頑張っていくうちに……。

＊　＊　＊

「ついに……」

「ついに……!?」

「「授かったあああ────ッ!!」」

プラティにつわりが起こって妊娠発覚。

神に弄ばれてるだけかと何度疑ったか知らないが、それでも御利益があった。

プラティのお腹に宿った新たな命を介して……。

俺とプラティの夫婦の絆《きずな》はますます明確な形を増していく。

あとがき

岡沢六十四《おかざわろくじゅうよん》です。

『異世界で土地を買って農場を作ろう』七巻をお送りしました。

今回も、お買い上げいただきありがとうございます！

七はラッキーセブンの七。その大台まで続けられたのも皆様のご愛読のおかげで今日も感謝しております。

益々《ますます》のお付き合いをよろしくお願いします！


さて今回の異世界農場ですが、色々と大きな出来事の起きた巻でしたね。

その中でも作者的に注目したいのが、風雲オークボ城でした。

Ｗｅｂ掲載時でもなかなか好評だったのですが、当然ながらそのモデルは80年代頃にテレビ放送されていた『風雲！　たけし城』です。

非常に年代を感じさせるモチーフです。

本当なら『なろう小説』の流行的にはゲームをモチーフにした題材を色々取り入れた方がいいんでしょうけれど、なんかこういう懐かしのネタをついつい挟みたくなってしまいます。

とは言っても子どもの頃の私がよく見ていたのはたけし軍団よりもドリフターズでしたけどね……。

今はドリフターズと言うと別のものが浮かばれるようですが、私にとってドリフターズはいつまでもあの五人です。

土曜八時もひょうきん族より全員集合でした。

番組終了したあと、ごきげんテレビにも普通についていきましたし。

バラエティにおいては、イベントやトーク系よりもコントの方が好きな子どもだったようです。

そういう好みや傾向は、自分が見せる側に回ってからも同じようで、一文書くにもウケを狙わずにはいられない性分になったようです。

やはり人間の性状は子どもの頃に土台ができるものなのかもしれませんね。

という感じで年代によって何言ってるかわからないような内容だと引かれてしまうかもしれませんから、このくらいにしておきましょう。

改めて読者の皆様、今回もこの本を買っていただき本当にありがとうございました。

担当編集者様、イラスト担当の村上《むらかみ》ゆいち先生も、これからも末永くお付き合いができれば幸いです。

そしてｃｏｍｉｃブースト様で連載中のコミカライズ版も好調とのことで本当に嬉《うれ》しい限りです。

コミカライズ担当の細雪純《ささめゆきじゅん》先生もありがとうございます！

コミカライズ版は毎月第四火曜日更新ですので、こちらもご愛読よろしくお願いします!!

異世界で土地を買って農場を作ろう 7

発行　2020年8月25日　初版第一刷発行

著者　岡沢六十四
イラスト　村上ゆいち
発行者　永田勝治
発行所　株式会社オーバーラップ
〒141-0031
東京都品川区西五反田7-9-5
校正・DTP　株式会社鷗来堂
印刷・製本　大日本印刷株式会社

ISBN　978-4-86554-725-2 C0093

【オーバーラップ　カスタマーサポート】
電話　03-6219-0850
受付時間　10時〜18時（土日祝日をのぞく）

作品のご感想、ファンレターをお待ちしています

あて先：〒141-0031　東京都品川区西五反田7-9-5 SGテラス5階　オーバーラップ編集部
「岡沢六十四」先生係／「村上ゆいち」先生係

スマホ、PCからWEBアンケートにご協力ください

アンケートにご協力いただいた方には、下記スペシャルコンテンツをプレゼントします。
★本書イラストの「無料壁紙」　★毎月10名様に抽選で「図書カード（1000円分）」

公式HPもしくは左記の二次元バーコードまたはURLよりアクセスしてください。
▶ **https://over-lap.co.jp/865547252**
※スマートフォンとPCからのアクセスにのみ対応しております。
※サイトへのアクセスや登録時に発生する通信費等はご負担ください。

オーバーラップノベルス公式HP ▶ **https://over-lap.co.jp/lnv/**